伊藤朱里

※個人の感想です

角川書店

※個人の感想です

目 次

装丁　二見亜矢子

not for me(is myself)

何歳ですか？　身長と体重を教えてください！　体脂肪率は？　週にどれくらい運動しますか？　ベンチプレス最高何キロ挙げられる？　平均睡眠時間は？　初めて彼氏ができたのはいくつのとき？

　みんな本当に数字が好き。わかりやすいもんね。もちろん私も好き。チャンネル登録者数がついに百万人に到達したのが嬉《うれ》しくて、記念に百の質問！　なんてベタな企画をするくらいだから。数字を必要以上に嫌う人は、逆に数字に囚《とら》われすぎなんだと思う。そんなの数字のためだけに生きることと同じくらい、あるいは自覚がないぶん、より哀しい。

　動画で話すコメントのおおまかな案と一緒に、パソコンのメモソフトに回答をまとめていく。三十一歳。身長は百六十センチちょうど（↓チャンネル始めたときは百五十九だったけど、今年人間ドックで測ったら伸びてた😆）。体重四十三・八キロ。ＢＭＩは約十七。そこで指が止まる。日本肥満学会の基準によると、日本人はＢＭＩ十八・五未満だと低体重とされ、さまざまな健康リスクが起こりやすいと言われている。免疫力の低下、貧血、骨粗しょう症。無月経や不妊の原因になる可能性もある。私のＹｏｕＴｕｂｅチャンネル「かなめジム」の視聴者である「かなメイト」は、成人女性が約半数を占めることがアナリティクスから判明している。彼女たちにこの数字を目標とされてしまったら、とても危険だ。

でも、だからって嘘はつかない。みんなもう騙《だま》されることにはうんざりしていて、嘘の匂いは敏感に嗅《か》ぎ取られる。そこまで取り繕えるほど、私は器用じゃない。いつでも素直に、正直に。ただ、伝え方に気を配るだけで、内容は一緒でも印象は激変する。

メモのデータをいったん保存して、今度はキーボードの手前に広げた紙のノートに思うところを書く。嘘なく、自分の言葉で。そこに、動画を見た人が感じることを予想して書き足し、またそこに答えを書き足して、どんどん深いところへと思考を巡らせる。経験上、この作業はなぜかアナログのほうがはかどる。

私はいまの自分の体が好きだけど、みんなはこの数字を目指そうと思わないでね！

↓どうして？

↓私にとっては、いまがいちばん動きやすくて心身ともに元気な状態。でも、あくまで「私にとって」。人は人、自分は自分。比べるのではなく自分がどうなりたいかが大事！

↓だったらどうして数字を公開するの？

それはそう。なんでだろう？

登録者数五十万人記念で買ったゲーミングチェアにもたれて、目盛りつきのドリンクボトルに入れた常温の水をごくごく飲む。水は大事。人間は体の半分以上が水分でできているからね。一日最低でも二リットルは必須《ひっす》。ほら、ここでも数字だ。

嘘をつかないことと、なんでもぶちまけることは違う。むしろ、自分らしさを保つには言いたくないことを言わない選択だって大事だ。過激な暴露は一瞬の注目を集めるだけなら役に立つけど、個性や人間味といった他の重要な部分を「暴露の人」という印象でゴミ捨て場のネットみたいに覆ってしまう。今回も、生々しいお金や性に関する質問は再生数が伸びるとしてもすべてボツにした。

でも、動画を作るために事前に私のインスタグラムを通じて質問を募集したら、圧倒的に体重を訊《き》いてくる人が多かった。正確に言えば「体重を教えてください」が最多、次に体脂肪率、そしてＢＭＩ。コメントを見るかぎり良識ある人が多いかなメイトが、一般的に無礼とされる質問をそれだけしてきている。そのぶん興味を持たれ、情報として私に関する数字が信頼されているなら、無視すれば動画の説得力まで半減しかねない。

どん、と水のボトルを置いて、ふたたびシャーペンを手に取る。

↓だったらどうして数字を公開するの？

↓興味を持ってくれるかなメイトさんが多かったので！

うーん、訊かれたからしかたなく答えてやったぞって感じがするかも。

↓私はどんな体型の自分も好きだし、このチャンネルを運営している以上、それを実践しつづけた私自身の体に関することは隠さず答えていきたいと思いました！

うん、悪くないいんじゃない？　でもあと一息かな。

↓ただ、私はいまさらかなメイトのみんなに隠すことなんかないけど（動画で汗だくのすっぴんさらしてるしｗ）体重は本来、積極的に公表するものじゃないとも思う！　私は仕事で運動する機会も多いし、人より瘦《や》せやすい環境にあるのも事実。だから「この数字が正解」とは思わないで！　あなたには、あなたの正解がある！

自分が自分らしくいられるのがいちばん大事。みんなも自分の心の声を信じよう！　私も自分を信じつづけられるように、引き続き動画制作とボディメイクをがんばるよ‼

うん！　いい感じ。核心に近くなったし、妙な後ろめたさもなくなった。

訊かれて即座に出てくるものだけが「本音」や「真実」じゃない。じっくりと自問自答して、心の内を掘り進めて、ああ、私ってじつはこんなことを考えていたのね！　という言葉にかつんと行き当たったときの快感たるや格別だ。土を払って丁寧に磨き上げてから光と風に当ててあげれば、それは表層から転がり出たインスタントな言葉より、よっぽど説得力のある本物の輝きを放つ。

私を構成する数字がひとつひとつあらわになり、撮影と編集作業を済ませて動画をアップロードしたら、世界中に向けて公開される。チャンネルを開設して四年あまり、恥ずかしさなんてもう感じない。むしろ、普通に生活していれば出会うこともない相手に家族も知らないようなパーソナルな部分を解き放つたび、不思議な風通しのよさを覚える。押し入れにしまい込んで日に当てられていなかった布団を、引っ張り出して快晴の下に干すことができた、そういう感じ。

↓今回みんなの質問に答えることで、あらためて自分がどんな人間か、この先どういう人間になっていきたいか、見つめ直すいい機会になった気がする！　ありがとう♡

言葉は数字と同じくらい大事な、私を構成する要素だ。

パソコンの隅に表示された時刻を確認すると、もう正午を過ぎていた。急いで電源を落とし、ノートも閉じて立ち上がる。撮影するとは言われていないけど、たぶん穂乃花《ほのか》は今日、自分のカメラを回すだろう。そろそろ「久々に会う友達とのラフな女子会」という素材を欲しがっているはずだ。そういう場にふさわしい格好を準備するのは、完全武装するより巧妙な計算を必要とする。なんにせよ、まずは顔を洗わないと始まらない。

代官山《だいかんやま》、白金台《しろかねだい》、自由《じゆう》が丘《おか》、二子玉川《ふたこたまがわ》。穂乃花に指定される街は、彼女と会う以外の用事であまり降りない場所ばかりだ。便利なターミナル駅でも、わかりやすい観光や買い物向けの街でもない。ノーメイクで行くにはハードルが高く、乗り換えも少し面倒で、概念としての「東京」という感じでいざ着けばそこそこテンションが上がる。でも、そこでなきゃだめかと言われると、よくわからない。そんな街。

「穂乃花、お待たせ！」

「あっカナ！　やーん、久しぶりー！」

　待ち合わせ場所に穂乃花が先にいると見つけやすい。いまも、カフェに一歩入っただけで彼女がどこにいるかすぐわかった。それは百七十一センチ五十キロという抜群を通り越して怖いほどのスタイルや、バニラの香りを凝縮させたアロマキャンドルのような光沢のある肌、体幹トレーニングの成果でまっすぐ伸びた背筋、現役モデルの面目を保つハイセンスなファッションなんかのせいばかりではないと思う。背が高くて色白で姿勢がよくておしゃれな人、それだけなら東京の、とくにこんな街にはいくらでもいる。

「今日のリップいいじゃん！　カナはイエベだからやっぱりオレンジが似合うね。それに笑顔が印象的だから、強めのリップメイクするの大正解だと思う！」

「ありがとー！　穂乃花もそのセットアップ素敵だね」

「わー嬉しい！　ね、なに食べるー？　ヨガレッスンの後おにぎり食べたんだけど、イタリアで胃袋広がっちゃったみたいで足りないんだよね！」

　穂乃花は、会うとまず挨拶《あいさつ》代わりに褒め言葉を口にする。メイク、服、ネイル、とにかく目についたところを全力で肯定してくる。それが彼女の流儀なのだ。本人の発言を引用すると「いい言葉は無料でできる贈り物、どんどん渡すに越したことはない。幸せな言葉は循環して自分にも幸せを運んでくれます！」。だから私も褒め言葉を返す。穂乃花のゴージャスな「贈り物」にはやや劣るけど、素朴で正直な言葉を。香典返しみたいな感じで。

「えー、どれもおいしそう。素敵なお店だね」

「モデル仲間に教えてもらったの。旅行で楽しんだぶん、まだ体を労《いたわ》りたいからさ」

今回穂乃花が選んだカフェは、日本ではまだ珍しいデイリーフリー、要は乳製品不使用のスイーツが売りらしい。去年一緒に都内でホカンスをしたときにはグルテンフリーにハマっていて、朝食のパンをわざわざ米粉のものに変えてもらっていた。小麦粉摂《と》ると調子が悪くなってテンション下がるんだよね、と当時は言っていたけど、最近の彼女の動画を見るかぎり、年末年始に行ったイタリアではピザもパスタも一切テンションを下げずに堪《たん》能《のう》していた様子だった。

「いま体内リセット期間中のVlog撮ってるの。後でカナも出てくれる？　あ、お店の撮影許可はもらってあるから、そっちのチャンネルでもアップしていいよ」

注文を済ませるやいなや、穂乃花がディレクターの口調でてきぱきと言う。たしかに、いかにも彼女好みの内装の店だ。倉庫だった場所をリノベーションしたそうで、白い壁とグレーの床がシックだし、天井も高くて開放的な印象を受ける。反面、テーブルと椅子は小学校を思い出すこぢんまりとした木目調に統一されていた。なんだか海外のおしゃれな刑務所みたいだなと思ったけど、穂乃花好みの褒め言葉じゃなさそうだから控えておく。

「ありがとう！　でも、私は別の機会にしようかな。いまはお正月太りを解消したい人が多いだろうから、エクササイズ動画を集中的に投稿する予定なんだ。それに、こういうおしゃれスポットの紹介は穂乃花のほうが上手だし」

「そう？　まあ、カナはもうすっかりカリスマインストラクターだもんね！」

まんざらお世辞でもない口調で言われたので「滅相もないー！」と、わざと顔をパグみたいにくしゃっとさせて手を振ってみせた。

穂乃花は私が読者モデルをしていたころの同期で、当時からペアを組んで撮影することが多かった。私はモデル自体を早々に辞めたけど、彼女のほうはその後ちゃんと事務所に入り、いまもプロのファッションモデルとして活躍している。昔からアートや映画が好きで海外の流行にも詳しかった彼女は、日本で動画配信という文化がまだ浸透していなかったころから自分のチャンネルを開設し、地道に投稿して自分のＰＲに利用していた。

私が自分のチャンネルを開設したと伝えたときには「どうして相談してくれないの！」なんて、笑いながらも本気の眼差《まなざ》しで言われたっけ。あれは少し怖かったな。真似するなって睨《にら》まれたほうがマシだった、そんなつもりないよって言えるから。どうして相談してくれないの、には理由がないから、無条件でこっちが悪いように感じてしまった。

「で、どうだった？　イタリア」

「もう最高！　やっぱり私、海外のほうが性に合ってるみたい。日本に戻ってから、みんなが思い詰めた顔でせかせか動いてるのが違和感あって。ずっと同じ場所で生きてるとそれが当たり前になってどんどん視野が狭まっちゃうから、やっぱり、たまには違う環境に身を置いて価値観をアップデートしないとね！」

滞在したのはイタリアだけのはずだけど、穂乃花は「海外」という表現をした。悪意はないのにこういうおおらかな言葉遣いが原因で、彼女の動画にはたまに「見栄《みえ》っ張り」や「セレブかぶれ」といった否定的なコメントがつく。そういえば、イタリア滞在中の様子を撮ったＶｌｏｇでもさっきみたいな発言をして突っかかられていた。穂乃花さんのように時間とお金がある人ばかりじゃない、という指摘に、彼女はわざわざ「私も、好きなときに海外に行きたいからいつもは地道にお仕事がんばってるよ！」というピントのずれた、その実、巧妙に論点をずらした返信をつけて意思表示していた。あなたと私では住む世界が違う、だから永久に交わらないのよ、という意思表示。

米粉のパンケーキと豆乳プリンが運ばれてくると、穂乃花は歓声を上げながらもさっとテーブルの上の配置を整え、スマートフォンのカメラで構図を確かめてから動画の素材の撮影を開始した。まずは自分の手元のプリンをアップで写し、少し引いてテーブル全体を写し、明るい声で「今日はなんと、この人と一緒でーす！」と言いながら、もったいをつけてアングルを上げていく。とっくに笑顔で待ち受けていた私は、穂乃花の目配せを合図に「やっほー、かなめでーす！」といつもの挨拶をした。穂乃花は身をよじってこちらに背を向け、さっき確認した動線に従って流れるようにスマホを掲げ、ななめ上から私とのツーショットを収めて「カナ、チャンネル登録者百万人おめでとー！」と、カメラを見たまま祝福の言葉を放つ。私も違和感なく「ありがとー！」と同じ方向を見て両手を振る。

「では、私たちは女子会を楽しみまーす！」

　穂乃花は画面をタップしてカメラをオフにすると、撮影のためにななめに置いていたプリンを引き寄せ「さ、食べよ」とこちらに笑いかけた。そのあいだずっと、明るい笑顔も声も一切ブレない。カメラがないところでは豹変《ひょうへん》してニコリともしない、裏表が激しくて幻滅する、なんていう有名人について回りがちな憶測は、少なくとも穂乃花とは無縁だ。

「ありがとね！　カナはうちの視聴者さんにも人気だから、きっとみんな喜ぶよ」

「やだーそんな、恐縮しちゃう」

「でもさ、変なこと言う人もいるんだよ。私がカナと一緒にいるのは売名目的とか、ビジネス仲良しとか。最近も『十年近くやってて登録者数五十万人も行かない底辺のくせに、かなめさんになれなれしくしないでください！』ってインスタのDMで絡まれたし」

　どう答えたらいいかわからなくて、もくもくとパンケーキを咀嚼《そしゃく》しながらとりあえず、またパグの顔をしてみせた。

「数字でしか人を判断できないなんて、やっぱりアンチは魂のレベルが低いなーって笑っちゃった。そんなところまでわざわざ見るなんて、もう逆に私のこと大好きじゃん！」

　器用に口角を上げたままの穂乃花の唇に、小さなスプーンに載せた豆乳プリンが吸い込まれていく。それはすぐにつるりと飲み込まれ、白い喉《のど》が小さく上下した。

「人に粘着して揚げ足とって、それで魂すり減らして、アンチってほんと奴隷みたいな存在だよね。嫌いなはずの相手に時間と心を支配されてるんだもん。私なら、自分の人生の主人公は自分じゃなきゃ気が済まないけどなー」

穂乃花をおしゃれな街のおしゃれなカフェでもひときわ目立たせるのは、この圧倒的な自信だ。世界の中心は私、私はだれより輝いている、そうであるべきという確信。彼女はいつも女優として人生というステージの中心に立っていて、その構想はスケールが大きすぎてもうひとり芝居では完結しない。だから穂乃花といると、だれもがいつのまにか同じ舞台に立って彼女の脇役を務めている。

「穂乃花の言うとおりだよ。数字なんてただの記号なのに、そんなことでしか人の価値を測れないなんてかわいそうだと思う。穂乃花には昔から応援してる本気のファンがしっかりついてきてくれてるし、私の登録者が伸びたのは、世間の需要が変わった時期に配信を始められたっていう運の要素も大きいし。比べること自体ナンセンスだよね」

「もちろん、数字もひとつの基準ではあるけどね？」

笑顔で諭すように返されて、あれっ、と自分が台詞《せりふ》を間違えたような錯覚に一瞬陥った。

「そりゃあ私だって、気になるときもあるよ。最近登録者数が伸びてないなーとか、予想ほど動画が跳ねなかったなとか。こう見えて普通の人間だもの！　たまにはダラダラする姿や体に悪いものを爆食する様子を発信したほうが、親近感が湧くのかなって悩むこともある。でもどうしても一度の人生、まだ見ぬ可能性を追求したい、自分がどこまで行けるのか確かめたいっていう好奇心が勝っちゃうんだ。だからお高く止まって見られるのかも。あくまで私自身のためで、人にマウントをとるつもりはないのにね」

「普通に生きていたらなかなか体験できない世界を見せてもらえるのも、穂乃花のチャンネルの魅力だと思う！　ＶＯＧＵＥとかＥＬＬＥ的な？　私なんて穂乃花みたいにもともとアクティブでもストイックでもないから、似たような動画ばっかり作っちゃうもん」

「うん、大衆受けを気にしすぎて本当になりたい自分を見失ったり、やりたいことを曲げたりするのは、やっぱり信念に反するんだよね。不器用だし頑固なのはわかってるけど」

自分にネガティブなレッテルを貼るときの穂乃花は、どことなく上機嫌に見える。たしかに、名作とされる映画の主人公にはだいたい、それこそ不器用とか頑固といった世俗となじまない欠点がひとつはあるものだ。

「穂乃花は本当に職人だよね！　動画一本一本が短編映画みたいなクオリティだし、細部までこだわり抜いてるのが伝わってくる」

「あはは、ありがとう！　まあ正直コスパは悪いけど、好きでやってるから。わかる人はわかってくれるって信じてるし、外野の声は気にならないかなー」

穂乃花もたまに、動画で自分が習慣にしているエクササイズを紹介したり、スタイル維持の秘訣《ひけつ》を話したりする。仕事柄、最先端の情報が入ってくるだけあって知識は私よりずっと豊富だし、見せ方がうまいから説明もわかりやすい。そのわりに再生数が伸びにくいのは、動画で「みんなよく生理前の爆食〜とかやるけど、ぶっちゃけ言い訳の場合が大半ですよね。大人なら毎月来るものの対処法くらい学ばないと」などとさっくり言ってしまうせいだと思う。良薬口に苦しと言うし、サバサバした自分にポリシーを持っているのはわかるけど、言われる側の立場から想像したらたとえ正論でもやっぱり落ち込む。ストイックに努力しているのは事実なんだし、表現を少し変えるだけでとっつきやすくなるのに。

数字は小悪魔だ。媚《こ》びを売れば弄《もてあそ》ばれ身を滅ぼす。軽んじたら絶対に寄りつかれない。丁寧に接することと自分を曲げないことは矛盾しない。いや、かぎりなく近い位置にある。

でも、親友役がそんな芯《しん》を食った忠告をする場面、彼女の作品にはいらない。

「それにしても、そっか。穂乃花には、知らないうちに嫌な思いさせちゃってたんだね」

「ごめんねー、久しぶりに会えたのに変なこと言って。気を遣わせたら嫌だから伝えるか迷ったけど、カナにも気をつけてほしかったから。最近、そっちのコメント欄にも様子が変というか、熱量がおかしい人がいるじゃない？」

「そう？」

「そうだよー！　私の視聴者はさ、同世代の女性がほぼ八割なの。それこそ映画館のお客さんみたいに求める世界観がはっきりしていて、楽しみ方をわきまえている人がほとんどなんだ。でも、カナの視聴者って若い子も多そうだし、最近とくに動画の内容そっちのけでカナのことをアイドル的に見る人が増えてきた気がする」

「いやいや、アイドルなんてそんな」

「推し活なんてポップに言われるけど、提供されるコンテンツを楽しむんじゃなくその人自体を必要以上に崇拝するとか、もはや宗教の信者みたいじゃない？　怖いよねー」

アイドルという言葉に緩みかけた頬を、パンケーキを吸引するふりをして引き締めたらもちもちした米粉の塊が喉につかえてむせそうになった。穂乃花の豆乳プリンはきれいに空になっていて、いつのまに、と驚く。

「私にも好きなアーティストや俳優はいるけど、だからって、その人の作品ならなんでもいいなんてことありえないもん。相手がだれでも仕事は公正に評価する、それが消費者の責任だと思うし。まあ、ただのファンならご自由にって感じだけど、勝手に神扱いされて人生預けられても怖いし、ましてやそれで人に迷惑かけるのはもう頭おかしいじゃん？　輝く存在の近くには、その光のおこぼれにあずからないと生きられない人が寄ってくる。カナはいま波に乗ってるし、そういうときほど危ないって心配なの。気をつけて！」

「うん！　ありがとう、わざわざ言いづらいこと言ってくれて」

気をつけるって、どうやって？

そんなアドリブは脇役として失格。恥を忍び、弱みを打ち明けてまで友達の身を案じる自分、主演・脚本・演出の穂乃花にとって、これはそれだけの場面なのだ。

「ねえ、お祝いも兼ねてお土産があるの！」

案の定、言いたいことを言った穂乃花はすっきりした様子で、足元のカゴに入れていた巨大な紙袋を取り出す。お土産にしてはかさばるから、穂乃花自身の買い物かと思ったら違ったらしい。帰りにトイレットペーパー買うつもりだったのに、と一瞬考えはしたものの、カナはこれで喜ぶ！　と信じて疑わない様子の笑顔につられて自然と笑顔になった。

「やだ、いいの⁉　え、開けていいー？」

穂乃花の脇役でいるのは嫌じゃない。なりたい自分像を明確に持ち、人生を賭《と》して実現しようとする姿は素直に尊敬する。それに、相手に幸せのお裾《すそ》分《わ》けができたと小鼻を膨らませる彼女の表情は、動画用の「お高く止まった」笑顔よりずっと無邪気でかわいい。


あ、衣装いいじゃん。ユキに似合ってる。

新曲、バックショットから始まるの最高だな。おかげでユキの小さいお尻《しり》と長くて細い脚がよく映える。やたらと背が高ければいいってものじゃないのに、彼女をチビ呼ばわりする人たちにはこの驚異的な股下《またした》の比率がわからないのかな？　運営側も安易にヒールで盛らないほうがいいよ、そういう連中が調子に乗るから。ユキは生まれ持った曲線美が際立つタイトな衣装を着て、歌って踊りさえすれば、それで完璧《かんぺき》。

ユキは、現地のオーディション番組でデビューした韓国の四人組女性アイドルグループ

「サンダーボルト」の唯一の日本人メンバーだ。グループではメインボーカルを担当していて、華奢《きゃしゃ》な体に見合わないパワフルな声と豊かな表現力で彼女たちのファン、通称「ユピテル」を魅了している。アレンジ映えするやわらかな髪に一切の粗がない真っ白な肌、小さな輪郭に収まる完璧な配置の目鼻、長い首と締まった腰は、どんなメイクも衣装も物にするからつねに目が離せない。最年長らしくクールな雰囲気で、愛嬌《あいきょう》たっぷりのファンサービスは苦手だけど、メンバーに向けるふにゃんと安心しきった笑顔をひとたび見れば迫力満点のパフォーマンスとのギャップに世界中が虜《とりこ》になる。アイドルになるために生まれた、いや、アイドルにするために神様が創り上げた、最高傑作。それが私の推しだ。

現地の音楽番組で披露されたサンダーボルトのパフォーマンスの動画を見終わったら、推し活用のSNSアカウントを開く。フォローしているのはサンダーボルトの公式アカウントだけ、フォロワーは二桁《けた》、名前は適当な英数字の羅列で身元を特定できないようにしてある。検索欄に「ユキ」を表す雪の結晶の絵文字とそれらしい言葉を放り込むと、すぐ現実がひび割れて地獄への口が開いた。

『相変わらずドヤ顔でイルカみたいな超音波出して耳障り。ただ声張り上げるだけでメボ名乗って恥ずかしくないんか?』

『今回の衣装レースクイーンみたいで下品だしダサい。他の子は若いからガーリーなコンセプトやるならいまなのに、おばさんに合わせて背伸びしなきゃいけなくてかわいそう』

『友達（アイドル全然詳しくない）にサンダーボルトの動画見せたら、なにも言ってないのに「この人だけ浮いてる、嫌われてそう」だって。わかる人にはわかるんだね！』

デビュー前、オーディションのころから私はずっとユキを応援してきたから、ネットで言われていそうな悪口は読む前から察しがつく。今回も予想どおりだ。彼女の魅力を理解する器がないだけのくせに、本人の努力不足のせいにしたり、他のメンバーに同情するふりをしたり、おまえだれだよみたいな第三者の威を借りたりして、どうにか正しさを主張しようとあがく姿は哀れの一言に尽きる。

どぎつい文字の羅列や露悪的に一瞬を切り取った画像に目を通すとき、私は同じ地獄に下りながらも、深くは息を吸わないように気をつける。悪くて強い言葉の毒は全身の毛穴から染み込んで、たんぱく質が熱で変容するように脳を侵す。自然と呼吸が浅くなるのを感じながら、私のユキへの愛情にまで火が通って後戻りができなくなる、その前にさっとSNSを閉じる。

そしてまた、動画アプリでお気に入りのサンダーボルトの映像を見る。

それはオーディション番組で「天を割る雷鳴」と絶賛された彼女のフェイクが響き渡る歌唱動画だったり、黒だった髪をシルバーに変えて「雪の女王降臨」とユピテルをざわつかせたビジュアル最高のMVだったり、メンバーに頰をつつかれ「赤ちゃんみたい」といじられてぽやんと笑う寝起きのオフショットだったりする。圧倒的なスキル、圧倒的な美《び》貌《ぼう》、圧倒的なかわいさ。その前に、アンチたちのオリジナリティ皆無の定型文など無力だ。さも真実のように世界を蝕《むしば》みつつあったそれらは、ダイヤモンドにぶつけられたおもちゃの宝石のごとく脆《もろ》く儚《はかな》く砕け散っていく。

その瞬間が最高に「ととのう」のだ。

ユキは女神。ユキこそ正義。ユキしか勝たん。ユキと同じ時代を生きる幸せに感謝。

普段はあんなに慎重に扱っている、自分の語彙《ごい》力が低下していくことすら心地いい。

地獄で罵詈《ばり》雑言を取り込んでから天上の輝きを放つユキを見ると、より彼女の尊さが吸収されやすい。穂乃花のイタリア土産の詰め合わせに入っていた癖の強いボディクリーム以上に、しっとりと肌の表皮を越えて体の芯になじむ。穂乃花からすれば、わざわざ汚い言葉を浴びに行くなんて正気の沙汰《さた》とは思えないだろう。でも美しく気高いユキにも、いや、美しく気高いからこそ強い反発があるという事実に、私のような凡人は少し安心もしてしまう。推しの魅力はなにがあっても揺らがないという完璧な安全が保証されていればこそできる、贅沢《ぜいたく》な遊びだ。絶叫マシンやホラー映画のようなもの。

ユキはサンダーボルトでもとくにアンチが多いらしく、現に音程を外したとかメンバーの言い間違いを笑ったとか、枝葉末節にいちいち文句をつけられやすい。アンチ本人たちはそれを彼女の態度のせいにするけど、実際のところ彼らの多くはユキに弱みを突かれた経験があり、その屈辱が忘れられないのだと私は思っている。どんなときでも笑顔を振りまき、感謝と愛しか伝えない他のアイドルたちと、ユキは一線を画しているから。

デビュー一年目のとき、彼女は番組で共演した男性歌手との熱愛疑惑を捏造《ねつぞう》され、炎上を鎮めるためにSNSを更新した。よくある話だ。だが、噂を否定するだけではなくこんな言葉を添えたことで、その騒ぎはただのスキャンダル以上の重大な意味を持った。

「今回のことで、自分の周りに多くの偽物の愛があることを知りました。私を愛しているから、心配だから、アイドルとして自覚を持ってほしい、という大義名分を振りかざし、私を自分の理想どおりに操作しようとする言葉をたくさん読みました。私を気遣うふりをしながら、私自身を信じず、純粋に私を想ってくれる善意のユピテルにまで憶測と不安を広げた人たちへ。これが、その行為に対する私からの最後の返事です——not for me.」

当然、この発言はさらなる物議を醸した。とくに『偽物の愛』という台詞がひとり歩きして、高飛車だ、ファンがいて成り立つ仕事なのに思い上がっている、疑われる隙があったくせに開き直るなとバッシングが激化した。

「実態に見合わない美しすぎる言葉は、汚い言葉と同じくらい罪深いと思います」

私が彼女のそんな説明を読んだのは、ネットに転載されていた、現地で発行された音楽雑誌のインタビューの翻訳記事だった。

「そもそも、人間はだれもが矛盾を抱えています。美しいばかりではいられない。だからこそ美しくあろうとする努力に価値があるのに、自分には醜い部分などないと言いたげに他者に正義を押しつける人たちは、多くがみずからの考えた美しい言葉に酔っているように見えます。相手のためを思っているようで、自分しか見ていない。もっと言えば、酔うだけではなく中毒を起こしています。それを吐くほどに彼らは本質を見失い、正常な判断ができなくなる。そのままでは身を滅ぼしかねない。私は、私を愛してくれるみなさんにそうなってほしくありません」

——ファンに夢を見せるのがアイドルだという考え方はしないのですか？

「私は、自分の思いを自分の言葉で伝えたいです。なりふりかまわず本音をぶちまけるという意味ではありません。嘘をつかなくても愛を伝える方法はあります。大事なのはどう表現すれば必要としてくれる相手に届くか、いつも真剣に考えることです。それをやめてしまったら、私自身も、心に背く美しいだけの言葉に酔ってしまうだろうから」

——つまり、あなたは嘘をつかない？

「合わない靴を無理に履いて足を痛めるより、不格好でもオーダーメイドの靴で長く踊りたい。その靴が嫌いだという人は、そもそも私のことが必要じゃないんだと思います」

——それこそ「not for me」？

「そういうことになりますね（笑）」

常日頃サンダーボルト関連の情報を検索しまくっているせいか、一度、この件に物申している動画がおすすめとしてアプリに表示されたことがある。投稿者は現地の芸能事務所で働いた（勤務形態や内容は謎）経験があるという男性で、自己紹介の「少し業界に詳しい単なるアイドル好きおじさん」という文言からして承認欲求全開でうさんくさかったけど、当時の私はうかつにもサムネに書かれた推しの名前につられてタップしてしまった。しかつめらしく腕組みをしたその男は、ユキに対して読むに堪《た》えない文句を並べるネットニュースの記事をわざと声に出して読み上げ、そこに寄せられた「ファンを金ヅルとしか見ていない」とか「最年長なのに子供すぎる」といった悪意しかないコメントも情感たっぷりに音読し、その上で「僕は彼女をオーディション番組から応援していますし、ファンだからこそ言うんですが、落ちていった仲間のぶんまで初心を忘れずに謙虚でいないとそれこそ彼女自身が not for me になっちゃうので気をつけてほしいっていうのが、まあ個人的な感想です」というゴミみたいな台詞で動画を締めた。収益に貢献してしまったことをユキのファンとしてもクリエイターとしても激しく後悔しながら、私は一匹のゴキブリに新品の殺虫スプレーをまるまる一本ぶっかけるような気持ちで自分名義の全アカウントからその動画に名誉毀損《きそん》を理由とした削除要請を出したけど、まだ残っているどころか配信者がずっとアイドルにたかって投稿を続けているらしいことが腹立たしい。

案の定、本来はユキが人としての尊厳を守るための勇気ある意思表示だった not for me はそれを機にネットミームとなり、たとえば「おまえはグループの not for me だよ」というように、彼女自身に暴言をぶつける際に多用された。ユキはあくまで「行為」に異を唱えただけで、アンチでさえ存在自体を否定するようなことはしていない。そんな文脈すら読めないまま、自分たちがユキの not for me だと宣言し、彼女の言葉の正当性を裏付ける行為の愚かしさに、そういう連中は気づきもしないようだった。デビュー前から細かったユキは衣装をピンで留めるほど痩せ、名前のとおり雪のような肌は白を通り越してメイクで隠せないくらい青白くなった。それでも、彼女は訂正や謝罪を一度も口にしなかった。

私自身はといえば、当時は投稿する動画が少しずつ注目を集めだして、コメントを読んでいちいちへこんだり迷ったり、私生活でも悩むことが増えていた。そんなときにユキの芯の強い言葉は衝撃的だったし、それを撤回せずに己を貫く高潔な覚悟に自分まで背中を押してもらった心地がした。それまで無料のコンテンツとサブスクだけで活動を追っていたサンダーボルトの有料ファンクラブに入り、ＣＤやグッズを購入するようになったのもそのころからだ。出る杭《くい》は打たれる世界でユキが少しでも彼女らしくいられるよう、私にできることはしてあげたいと思った。いまでも思いつづけている。ただ、尽くしすぎると「こんなにしてあげたのに」と相手を操作したくなり、それこそユキの not for me になってしまうから、無理だけはしないというのが自分で決めたルールだ。いまのところ、その応援の仕方で熱が冷める気配はない。

サンダーボルトに関する最新情報の巡回を終えたら、今度はアカウントを「かなめ@かなめジム」名義に切り替える。ＳＮＳや動画へのコメントに、穂乃花が見たという「変な人」がいるか確かめないといけない。私への少しの文句くらいならいちいち反応しないけど、第三者を攻撃する内容なら削除なりブロックなりの対応を取るのも務めだ。

一本投稿する時点で次、いや、次の次の次くらいに投稿予定の動画を編集しているのが普通なので、コメントが来るころには撮影時の記憶は薄くなっている。直近の動画は年末年始の暴飲暴食を振り返ったものだ。ボディメイクのチャンネルなのに、爆食動画はなぜか安定して再生数が伸びる。トップコメントの投稿者には見覚えがあった。

『かなめさん、やっほー！

実は私、今度来日する推しとのハイタッチ会に当選しました！

来月はかなめさんの出版記念イベントもありますよね！

私の神に連続で会えるなんて夢みたい！

推しに恥じない自分になりたいのでそれまでに本気でダイエットします！

とりあえずお正月は実家に帰ったけどお節もお雑煮も食べませんでした！

努力は未来の自分への宿題として先送りするものじゃなく、いま始めて、結果を未来の自分に贈るためのものですもんね！

かなめさんを信じてがんばります！！！』

語尾がかならず「！」なのは、単にテンションが高いからではない。書いた本人に直接会ったことはないので、たぶん、だけど。

これは、文章に「！」を多用するユキへのオマージュだ。

ユキは母国語が韓国語ではないし、ただでさえ慎重に発言を選ぶタイプなので、話すときは思慮深さが出て大人びた印象に見える。でも、書き言葉だとなぜか妙にギャルっぽくなるのだ。そのギャップがまたかわいいので真似したくなるのはわかる。現に私も、自分以外はだれも見ないアイデアメモや日記ではあえて「！」を多用している。

ピンと来たきっかけは、アイコンだった。私のチャンネル開設初期からの視聴者である「モコ＊」さんは、目印であるアイコンの写真をペンギンのゆるキャラに設定している。日本では見慣れないそれは韓国の人気キャラクターらしく、ドッキリを受けたユキが見せたびっくりしたときの顔に似ていると話題にされて日本のファンのあいだでも有名になった。名前の「＊」はおそらく雪の結晶を表していて、ユキがサインに取り入れているマークでもある。それに加えて、自分が古株「かなメイト」で「かなめジム」はホームという自負を得るにつれ彼女のコメントの調子はくだけていき、ついには全面に「！」がちりばめられるようになった。ここまでヒントがあれば、さすがに察しがつく。

この子は同担だ。それもかなり強火の。

私は自分がユキ推しであることはおろか、ユピテルということすら公言していない。好き嫌いをはっきりさせると、共感できない人に疎外感を覚えさせかねないからだ。なにかを愛することは素晴らしいけど、行き過ぎるとそれ以外どうでもいいという意味にとられかねない。だから、この人が私のチャンネルに辿《たど》り着いたのはまったくの偶然だ。

同じものを好きだからって、仲良くなれるとはかぎらない。でも、自分を好いてくれればもちろん悪い気がしない。表立って優遇することはないにせよ、私は彼女をコメント欄で見つけると、あっいる、とひそかに茶柱を見つけたような気持ちになっていた。

そっか、彼女、ユキに直接会うんだ。

もちろん私もイベントのことは知っていたし、わりとがんばって抽選シリアルナンバー付きのCDをまとめ買いして応募もした。だけどすべて落選だった。ユキがそれくらい大勢の人に求められていること、自分が「こんなにCDを買ったのに会えないなんて！」と逆ギレしないだけの理性を持ったユピテルであることで、せっかく来日する推しに会えない傷を現在進行形で慰めていたところだ。うらやましいな、けっきょく倍率はどれくらいだったんだろう。でも、ユキの琥珀《こはく》の瞳《ひとみ》にたった数秒でも私が映るなんて考えただけで恐縮してしまうから、むしろ外れてよかったのかも。

もし当選していたら、私だってその日に合わせて死にもの狂いで自分磨きをしただろう。たとえ次の瞬間には忘れられるとしても、推しの視界に入る景色であることには違いない。きれいなほうがいいに決まっている。それに、常日頃から血の滲《にじ》むような努力をして完璧な姿を見せてくれるユキの前に、日々その存在に救われている一介のオタクが妥協した状態で行くなんてプライドが許さない。

わかった、モコ＊さん。私はあなたに協力する。少しでも納得のいく姿でユキに会おうね。コメントの内容からしてひとり暮らしみたいだし、明日アップするレシピ動画はきっと役に立つはずだ。簡単でヘルシーで一人前から作れる鍋《なべ》料理。運動は手っ取り早く効果が出るＨＩＩＴを中心に。小顔マッサージの動画も急いで完成させよう。推しの前で体重を掲げるわけじゃないし、見た目をすっきりさせることが最優先だ。

急ピッチで計画を立てながら、もしかして、とふいに気がついた。これが穂乃花の言う「熱量がおかしい人」のコメント?

念のため、以前にアップした動画のコメント欄も見返してみる。ちょっとした意見や小学生レベルの悪口はちらほらあったけど、目立って熱狂的なのはモコ＊さんくらいだ。穂乃花にはちょっとオーバーなところがあるのも事実とはいえ、私を不安にさせるためだけに話を盛ったり嘘をついたりするような陰湿さはない。さすがにそんな人だったら何年も友達ではいられない。

ということは、おそらく確定だ。

拍子抜けする。たしかにモコ＊さんのワードセンスは独特で、読み慣れなかったら少し驚くかもしれない。だけどユピテルにかぎらず、アイドルファンの推しに対する熱量に慣れた私からすれば、神とか○○しか勝たんとか、そんな言葉は様式美でしかない。穂乃花は過剰反応している。人生の中心に自分を超える存在を据えたことがない彼女には、推しを可能なかぎり美しい言葉で飾りたい、それこそが人生を救ってくれた相手への恩返しだという、この気持ちが理解できないのだろう。

サイン本の作成は三人態勢の流れ作業だ。左から差し出される本を私が受け取り、本文に入る前の色つきのページ（両隣にいる編集者のふたりは「見返し」と呼んでいた）にペンを走らせ、開いたまま右に滑らせる。それを隣に座った芹沢《せりざわ》さんが受け取り、サインの上にあぶらとり紙に似た薄い紙を被《かぶ》せてから表紙を閉じ、完成したサイン本を積んでいく。彼女たちも仕事とはいえ、わざわざ出版社の会議室を借りて雑用をやらせているのが少し気まずくて、手は止めないようにしつつ口を開いた。

「子供のころって、将来有名になったらどんなサインを書くか一度は考えますよね」

「えー？　それはかなめさんが、昔から特別な人だったからじゃないですか」

芹沢さんがそう言って笑う。気を遣って話を振ったつもりが逆に気を遣われてしまい、どう返したらいいかわからずちょっと慌てた。

「やだ！　私、自意識過剰な子供だったのかな」

「きっと無意識に察していたんですよ。大人になったら、自分はきっとたくさんの人から必要とされる存在になるって」

「そんなことないですよー。ね、野村《のむら》さんはどうでしたか?」

「……私は、ちょっとわかります」

特別な人じゃなかったですけど、と小声で付け加えたのは、さっき紹介されたばかりの野村さんだ。新卒で小説の雑誌の編集部に配属され、そこからいまの部署に異動してきてまだ二年目らしい。たしかに、いかにも文学少女がそのまま大人になったという雰囲気の子だ。すぐそばの机に積まれたサイン前の本をこちらに手渡す動作を繰り返すだけで、とくに集中が必要でもないのに、さっきから芹沢さんと私の雑談には参加しない。仲間外れにしているようでいたたまれず、かといってちょくちょく話しかけてみても一言で返されて後が続かなかったから、好感触の反応に嬉しくなった。

「そうですよね!」

「はい、作家さんにもそういう方が多いです。でもほとんどの方は、実際にサインをするとなったら普通に名前を書かれます」

「え、そうなんですか?」

「はい。自意識が邪魔をするらしいです、アイドルやアスリートじゃあるまいしって」

「へー! せっかく夢が叶《かな》ったのに、もったいない。作家さんって不思議ですね」

野村さんは少し間を置いて「そうですね」と答える。さっきまでの、自分に投げられた球をそのまま下に打ち落とすような返事とは違う、どこか含みのある黙り方だった。

「本当、作家と話すと驚きますよー。そんなこといちいち気にして生きづらくない？　っていう考えすぎエピソードがぼろぼろ出ますから！」

気まずい余韻を明るく掻《か》き消した芹沢さんは、もともと「かなめジム」の視聴者だった人だ。私と同い年の女性で、自分の勤める出版社から本を出さないかとＳＮＳを通じて連絡をくれて以来、ずっと担当編集者として私の面倒を見てくれた。現在妊娠中の彼女はまもなく産休に入るため、その後任が野村さんになるらしい。

「はーい、お疲れさまでした！　ちょっと休憩しましょうか。野村ちゃん、朝買っておいてもらったケーキ、冷蔵庫から取ってきてくれる？　紙皿とかも適当にお願い」

「わかりました」

「かなめさん、社内の喫茶室から飲み物を持ってきてもらうので、なんでも好きなものを頼んでください。これ、メニュー表です」

「ありがとう。えー、見たことないのが増えてる！　この『こしあん練乳ミルク』ってなんだろ、気になるから頼んでみようかな」

「あはは、目のつけどころがさすがですね！」

「やだ、子供っぽかった？　普通コーヒーか紅茶だよね、お仕事のときって」

「いや、いいと思います。私はかなめさんのそういう無邪気さというか、素直なお人柄に惚《ほ》れているので！」

そう言われると、意味なく言及した「こしあん練乳ミルク」を絶対に注文しなくてはいけない気がした。よく考えればケーキと合わせるには濃いな、という後から浮かんだ良識的な考えは、芹沢さんの輝く瞳の前にたちまち色褪《いろあ》せる。穂乃花と違い、芹沢さんに褒められたら私はただ受け取らなくてはいけない。香典返しを渡そうとしても、会話が円滑になるどころか恐縮させてしまう。

内線電話でこしあん練乳ミルクとレモンスカッシュ、ホットコーヒーを注文すると、彼女は私の横に並んで座り直し、サイン本の山を眺めながらしみじみとつぶやいた。

「イベント、とうとう来週ですね」

私の初の書籍『自分のためのボディで生きる！　最強かなめメソッド』は、予約の時点で芹沢さんが「ちょっとすごいです」と電話してくるほど反響があり、現に発売から三日で重版を達成した。最近も再重版が決まったそうで、さっき出版社に着くやいなや「産休前に三刷まで見届けられて、編集者冥利《みょうり》に尽きます！」と芹沢さんから握手を求められた。よく本屋で「発売後たちまち重版！」という売り文句を見かけるし、嬉しいけど珍しくはないのかなと思っていたけど、彼女の喜びようからしてどうやら異例の事態らしい。

「いま出版業界、とくに文芸なんかは状況が厳しくて、初版の部数自体がそもそも減っているんです。ひどい会社だと、わざと初版を少なく抑えて『重版するほど売れています！』と箔《はく》をつけるケースもあるって聞いたことがあります。でも今回、私、無理を言って初版の時点でかなり刷ってもらったんです。それでもこの速度で重版がかかるなんて、本の力が会社の予想を超えたんですよ。正真正銘、かなめさんの力です！」

ロビーの真ん中でそう熱弁する芹沢さんのななめ後ろで、野村さんはうなずくでも合いの手を入れるでもなく、私と芹沢さんのあいだの空間をぼーっと見ながらたたずんでいた。

「まだ実感がないな、これだけの人が集まってくれるなんて」

出版記念イベントは二部構成で、一部が私と司会の芹沢さんのトークコーナー、二部が参加者と一対一でのサイン本のお渡し会。トークコーナーの模様は配信もされる。当初、お渡し会ではその場で本にサインをしながら参加者と話す予定だったけど、私は緊張すると手が震える体質で、書き損じが怖かったから芹沢さんに頼んで事前にサイン本を用意する形に変えてもらった。全世界に動画を配信しているくせに初対面の視聴者に人見知りするとか……と自分の小心ぶりに落ち込んでいたけど、芹沢さんは「ファンとの対話を大切にするかなめさんらしいご提案ですね！」と、また目をキラキラさせながら褒めてくれた。いままでは、本当にそうだなという気がしている。顔を伏せてサインをしながら片手間に話すよりも、ひとりずつ相手を見つめて向き合うほうが私らしい。

「今回来場するのはごく一部ですよ。抽選、びっくりするような倍率だったから」

「なんだか怖くなってきた。芹沢さん、私がイベントなんて本当にいいのかな」

「なに言ってるんですか！　かなめさんって本当に謙虚ですよね」

「芹沢さんがいたから本まで出すことができたけど、実際の私はどこにでもいるアラサーだもん。騙しているとは言わないけど、ちょっと期待されすぎている気がして」

「たしかに、ダイエットの情報を発信するインフルエンサーは大勢います。プロ顔負けの専門性がある人も、際立って美しい人もいる。でも、私は欲目抜きで、その中でもかなめさんは唯一無二の存在だと断言できます」

会議室のドアが開き、ケーキの箱とポリ袋を提げた野村さんが入ってきた。

「かなめさんの動画を見ていると、この人は私のためだけに語りかけてくれている、って思うんです。そして、かなめさんにはその確信を百万人に抱かせる力がある」

謙遜《けんそん》するのも忘れ、私は思わず息を呑《の》む。

それは私が、まさにユキのインタビュー記事を読んだときに感じたことだった。

「かなめさんの魅力は、人が本来持つありのままの美を肯定しつつ、ネガティブな面も包み込んでくれるところです。ここだけの話、穂乃花さんとか自信満々すぎて時にまぶしさが刺さるんですよね。ただでさえダイエットしたい人って自分を変えたい人じゃないですか？　ああして単にいまのあなたはだめですって言われても、わかってます！　って耳を塞《ふさ》ぎたくなるというか」

ドアをノックする音がして、紙皿を並べていた野村さんがそちらに向かう。芹沢さんはキラキラの目でまっすぐ私を見つめたままだ。

「私が子供を授かれたのも、かなめさんが大切なことを教えてくれたおかげですから」

喫茶室のスタッフらしき女性が、こしあん練乳ミルクとコーヒーとレモンスカッシュを置いて去っていく。野村さんはレモンスカッシュとこしあん練乳ミルクをそれぞれの手に持ち、私の前にこしあん練乳ミルク、芹沢さんの前にレモンスカッシュを置いた。この人から見た私は「仕事中にこしあん練乳ミルクを頼みそうな女」なのかと思うと、自分で選んだのに、しかも芹沢さんがそんな私を褒めてくれたのに、急激にいたたまれなくなる。

「かなめさんの動画を見て過剰なダイエットに走る人は、メッセージを正しく受け取れていないと思うんです。ハッシュタグまで使ってかなメイトを名乗りながら、行き過ぎたカロリー制限をしたり、友達や家族との食事をないがしろにしたりする様子を発信するの、こちらからすれば営業妨害ですよ。まあ、正しい知識のない若い子なんでしょうけど」

「……そんな子がいるの？」

「あ、気にしないでくださいね！　ちゃんと見ている人には、なにが正しいかなんて自然と伝わることですから」

「おふたりとも、なにを召し上がりますか」

野村さんが、私たちの前にケーキの箱を差し出した。ケーキは私もたまに行くチェーン展開の喫茶店のもので、ラム酒の香るチョコレートケーキ、真っ白なレアチーズケーキ、そしてモンブランの三種類。

「これ、野村ちゃんが選んだの？」

芹沢さんの声がほんの少し尖《とが》りを帯びた。野村さんが、はい、と首を傾げる。

「そっかー。すみませんかなめさん、私、モンブランもらってもいいですか？　アルコールは避けたいし、乳製品も生っぽいとよくないからレアチーズもやめとこうかなって」

「あっ、そうだよね！　もちろんもちろん、好きなの選んで」

「ありがとうございます。どっちにします？」

えーどっちがいいかなー、なんて左右に首を振ってみせながら、芹沢さんの笑顔越しに立ったままの野村さんを見上げた。

「野村さん、どっちがいいですか？　私は両方好きで選べないので、お先にどうぞ」

「あ……じゃあ、レアチーズを頂きます」

すみません、と会釈する様子は礼儀正しく、他意がある感じはしなかった。落ち込んでいるのかなにも響いていないのか、その表情からはまるで読み取れない。年齢も、体重や体脂肪率と同じくただの数字。理解はしているつもりなのに、とっさに「若い子の考えることってわかんない」と思ってしまう。

「嬉しいー、甘いもの食べるの久しぶりかも！　普段は母や夫が口うるさいから」

世代間格差に戸惑う私をよそに、芹沢さんは子供みたいな顔でケーキに夢中だ。

「いろいろ気を遣うよね、妊婦さんは」

「はい。だけどやっぱり、たまには心の豊かさを優先しないとストレスになりますよね。私、数字や人の意見に振り回されてイライラしてきたら、かなめさんの『体を削るよりも優先すべきなのは心を豊かにすること』って台詞を思い出すようにしているんです。そうすると、あ、いま気にしすぎだったな、とか目が覚める感じがして」

「そんなこと言った？　芹沢さん、私より私の言葉に詳しくなってない？」

「本を作る上で、何度もかなめさんの動画を見返していますから。再生回数だけだったらかなメイトの中でトップかも」

「えー、なんだかお腹の子に申し訳ない！　胎教に悪くない、大丈夫？」

「いやいや、生まれながらにしてかなメイトになってくれるなら、むしろ楽しみですよ。そうだ！　それこそ、生まれたらかなめさんが名付け親になってくれませんか？」

「そんな、さすがに畏《おそ》れ多いよー！」

「いやいや。この子はかなめさんのおかげで出来たようなものですから！　はー、久々の糖分は沁《し》みるな〜。あんたも味わってる？」

芹沢さんが自分のお腹を撫《な》でた。子供を授かれる体が「人が本来持つありのままの美」と疑わない様子に、私は「まぶしさが刺さる」という言葉の意味をぼんやりと理解する。

すごいですね、とふいにつぶやいたのは、私の手元をじっと見ていた野村さんだった。

その視線を受けてようやく、自分が食べはじめるのを待たれていたことに気づく。

「芹沢さんにとって、かなめさんは世界の中心なんですね」

あきらかに、褒めている口調ではなかった。


そのアカウントの写真は、間違い探しかと思うほど同じ内容の繰り返しだった。朝はシリコンスチーマーで蒸したブロッコリーかオクラ、ミニトマト、プロテイン。このプロテインの味を変えるのが、食事におけるほぼ唯一の楽しみらしい。昼は赤ん坊の握り拳《こぶし》ほどの雑穀米、めかぶ納豆、インスタントの味噌《みそ》汁は固定で、日によってゆで卵、蒸したささみ、焼き鮭のいずれかが添えられる。夜はサラダのみ。華やかな「映え」を重視した写真が多いインスタグラムの投稿の中で、その無味乾燥な色味と構図は逆に目を引いた。

『夜は空腹で寝て脂肪の燃焼を促進するために、消化によくない動物性たんぱく質をとらないようにしています！　#かなめｔｉｐ』

自分で空腹状態を作っているとはいえ、我慢できるかどうかは別だ。投稿者は耐えかねたらわかめスープを飲むことにしているらしく、このときの様子がいちばん悲壮だった。ランチョンマット代わりのハンカチの上にぽつんとマグカップが置かれ、ほぼ透明に近い薄さのスープの具は、咀嚼するまでもなく唾液《だえき》で溶けてしまいそうな小さなわかめとゴマだけ。本文は『深夜2時　最悪』とか『3時半　あと少しで朝だったのに』といった悔恨の一言。そんな投稿にも例外なく、本文より長いハッシュタグがついている。

『#かなめジム　#かなメイト　#かなめｔｉｐ　#かなめさんは正義　#かなめしか勝たん　#推ししか勝たん』

エゴサはあまりしないけど、私に関するハッシュタグはこまめにチェックしている。中には自分で考案したものもある。かなメイトのみんなが共有してくれる、動画で紹介したレシピの再現料理や毎晩ストレッチを続けてサイズダウンした洋服のビフォアアフター、視聴者同士のオフ会の様子なんかを眺めては、人の役に立てていることを実感して楽しんでいた。だけど最近忙しかったからめっきり確認を怠っていて、いつからか、鬼気迫る食事記録が検索結果の三割方を占めるようになっていたことに気がついていなかった。

『まだ十代ですよね？　ここまで厳しく食事制限をするのは体によくないですよ』

『せめて炭水化物をもっと増やして！』

『あきらかに基礎代謝量を下回っている　きちんと勉強してください』

それらの声に、投稿者はいちいち返信をしていない。ただ、そのコメントがついてしばらく経ってからの投稿には、決まってあてつけのような文章が添えられている。

『私はなりたい自分になるために努力してるだけ！』

『横からいろいろ言ってくるだけの人たちは責任とってくれない』

『推しは毎日がんばってるのに、私が推しに会う一瞬のためにがんばらないとか無理』

『努力は先送りする宿題じゃない！　いま始めて、結果を未来の自分に贈るもの！

#かなめの名言』
私がいつ、そんなことを言ったんだっけ。

まるで覚えていない。ただ、どこかで見た言葉ではある。必死で記憶を掘り起こしてようやく思い出したのは、ユキとのハイタッチ会のためにダイエットをする、と決意表明をしていたモコ＊さんのコメントだった。あれは本来、私の台詞の引用だったらしい。

アカウント名は初期設定、アイコンの写真もないけれど、この投稿者が彼女であることは疑いようがない。現にプロフィールから確認したインスタの利用開始日は今年一月、彼女が「お節もお雑煮も食べなかった」時期と合致する。芹沢さんの「かなめさんのメッセージを正しく受け取れていない視聴者」云々《うんぬん》も、このアカウントを見ての発言だろう。

『将来、子供が産めなくなったらどうするつもりですか？』

最新の投稿につけられたコメントは、なぜか芹沢さんの熱っぽい声で再生された。

あの日、似たような口調で芹沢さんが語った言葉に、野村さんは見るからに引いていた。

彼女からすれば芹沢さんと私の関係は、新興宗教の信者と教祖みたいに見えたかもしれない。でもそれは違う。本を作るにあたって彼女に言われた意見の厳しさと的確さは、私がいちばん知っている。芹沢さんが私を神扱いしているなら、信仰する神をあそこまでシビアに解剖し、裏側をわざわざ暴いてまで、よりもっともらしく商品化する方法を一緒に泥臭く模索する側に好んで回りはしない。

彼女が私をあそこまで褒めるのは、私が彼女の「推し」だからだ。

推しに肯定的なことしか言わないファンは、よく「信者」や「お花畑」と揶揄《やゆ》される。ただ、実際に都合のいい部分しか目に入らない人はきっとひと握りだ。たいていの人は、目の前の事実をいったん受け止めた上で、発信することと飲み込むべきことを選び、前者を選んだら、自分の推しができるだけ世間に良い存在として映るようポジティブな言葉で送り出す。少なくとも私はそうだし、それができずに負の感情を吐き散らすような幼稚なファンは、私が推しの立場なら not for me だ。

私はユキ推しだけど、骨格ウェーブの彼女に本人お気に入りの胸元が開いた衣装は似合わないと思う。最年長だからっておばさんネタで自虐するのは世間の女性にも失礼になりかねないからハラハラするし、意外と繊細なくせにいまだに毎日エゴサしているっぽいのもやめてほしい。でも、さかしげに「ユキを思って」ネガティブな意見を拡散する人たちは「欠点を指摘できるくらい冷静で鋭い自分」に陶酔しているだけで、勝手な感情を発散するために彼女の印象を下げているという点ではアンチと変わらない。醜い自己満足で not for me に落ちるくらいなら、花束の中のかすみ草一本、その白い花弁のかけらほどの存在でしかなくても、推しの人生を飾る一片になりたい。

真実はいつもひとつしかない。大事なのは、どう表現するか。

だったら、少しでも美しい側面が見えたほうがいいに決まっている。

芹沢さんもモコ＊さんも、おそらく同じ考えだから、傍目《はため》にはたじろぐような言葉で私を飾り立てるのだ。自分の信じる世界に、致命的なひびが入らないようにと祈りながら。

インスタを閉じて動画の編集を続けようとしても、なかなかはかどらなかった。気分転換にYouTubeを開く。おすすめ欄のトップに表示されたのは穂乃花の新着動画で、いつもはスルーしがちだけどサムネイルを見てまんまと釣られてしまった。

『みなさん、アローハ！　穂乃花でーす！　本日はなんとなんと、スペシャルゲストとして「炙《あぶ》り杏仁《あんにん》」のヨッシー☆さんに来ていただいていまーす！』

どちらかの事務所らしいカラフルな壁をバックに、いつもの挨拶をする穂乃花と真顔の女性のツーショットが映る。炙り杏仁は、シュールかつブラックなコントでいま注目を集めているお笑いコンビだ。ハイセンスで文学的と大御所が絶賛したというそのネタを年末の特番で見ても私にはピンと来なかったけど、炙り杏仁を褒めないと女性蔑視《べっし》か笑いがわからない老害か、その両方と世間ではみなされるらしい。どの業界も「この人に文句を言ったらダサい」という地位を陣取った者勝ちなんだなあと思ったのを覚えている。

『お邪魔します、ヨッシー☆です。ていうかすみません、あのー、なんでアロハなんですか？　ハワイ好きなんですか』

『最初は普通に「こんにちは」だったんですけど、視聴者さんがいつ見るかわからないしみんなに寄り添いたくて。アロハはあらゆる時間帯に使えるし、ポジティブな意味がたくさん含まれているし、日本にはない素晴らしい言葉だなって思ったんです！』

なるほど、と答える声は、思ったより低くて落ち着いていた。テレビで見るのはコントで「理解不能なヤバい人」を演じる姿が多かったから、当然といえば当然かもしれない。薄い反応に気づいているのかいないのか、穂乃花は『ぜひヨッシー☆さんも！』と明るく促し、まんまと両手を独特の形にして『アローハ！』と一緒に言わせることに成功する。あ、言うんだ、とまた意外だった。てっきりゴネて煙に巻くか、誘った側が引くほどのテンションで自分のペースに持ち込むかだと思ったのに、しかたなく国語の音読をする中学生くらい、要するにいちばん印象に残らない感じで普通に言った。

サムネやタイトルに名前が書かれていなかったら、穂乃花が一般視聴者のイメチェン企画でも始めるのかと勘違いしたかもしれない。そのくらいどこにでもいそうな雰囲気だ。いきなり金切り声で意味不明な台詞を口走ることもなさそうだし、髪型もメイクも服装も奇抜なところがなく至ってナチュラル。ややぽっちゃり体型だけど、それだってテレビで武器にできるほどじゃない。尖ったセンスの新世代にしては地味だなと思い片手間にスマホで調べたら、私よりひとつ年上だった。

『今回は、型にはまらない生き方を貫き、いまやお笑いだけでなく文学の世界まで活躍の場を広げるヨッシー☆さんと、本当の美しさや自分らしさについて語っていきまーす！』

仕事関係らしいふたりの出会いに関する説明もそこそこに、穂乃花が最近ヨッシー☆さんが出版したという小説の単行本を取り出した。あからさまにノっていないと思ったら、どうやらゲスト出演の目的はこの宣伝らしい。それにしても芸人からの作家デビューって、言うほど「型にはまらない生き方」だろうか。

『この本にも、世間から押しつけられる常識と、自分らしさの狭間《はざま》で苦しむ人がたくさん出てきますよね。私、すっごく共感して一気に読んじゃいました』

『ありがとうございます。でも、穂乃花さんって見るからにキラキラオーラ全開だから、共感できたのは意外ですね』

『いやいや、私にだって挫折《ざせつ》はありましたよ！　CMのオーディションに受かったのに、撮影までに五キロ痩せなかったら別の人にするって後からクライアントに脅されたこともあるし。まあ、そんな会社の宣伝するのこっちから願い下げって感じでしたけど』

絶対に褒めていないヨッシー☆さんに対し、穂乃花は自信満々で謙遜しながら答える。

『この業界に長くいて思うのが、やっぱり体型に関して日本はまだ画一的だなって。痩せていれば美しいという時代はもう終わっています。欧米ではボディシェイミングと言って、人の体型に意見するのは御法度なんです。プラスサイズのモデルの起用にもあちらは積極的ですし、日本、とアジア圏の一部だけですよ、いまだに細さがもてはやされるのは』

わざわざ「アジア圏の一部」と言い足すあたりが穂乃花だなと思った。私が彼女のアンチなら絶対、重箱の隅をつつくようにここから見え隠れする思想を攻撃する。

『もっと多様な美しさを肯定しないと！　だれかの真似をするだけの人生なんて、虚《むな》しいですよ。人生の主人公は自分なんだから、自分らしい個性が伴わないと意味がない』

『「自分らしい」って、なんでしょうね？』

ヨッシー☆さんの口調に妙な含みを感じたのは、私だけではなかったらしい。その証拠に、カメラがない場所でもつねに上がっている穂乃花の口角が一瞬、撮影中にもかかわらずまったいらになった。

『だれの影響も受けずに生きるなんて、極論、無人島にでも行かないと不可能じゃないですか。その「自分らしい個性」っていうのも、人からの寄せ集めになると思うんです』

『たしかに！　でも、すべての芸術は模倣から始まりますから。そこから自分のオリジナルを探していくのが大事ですよね』

『その「オリジナル」を探す上でも、やっぱり既存のものをいいとか悪いとか思う基準は人の影響で決める部分も大きいですよね？　いや、当たり前ですけど。なんか、そのミーハーさをみんな自覚してるのかなって』

『ほうほう、と言いますと？』

『やたら欧米を引き合いに出して美を語る人って、たいていはロールモデルが海外セレブなんです。多少肉感的くらいの。ガチのプラスサイズというか、デブに憧《あこが》れる人はいません。かわいいーとか言うことはあっても、こうなりたいとは絶対に言わない』

『まあ、そもそも自分以外になりたいっていう発想がどうかと思いますけどね！』

穂乃花が特技の「論点ずらし」を披露しても、ヨッシー☆さんはいっこうにめげない。

『それにボディシェイミングとかなんとか言いながら、海外のほうが歯の矯正やホワイトニングにお金をかけますよね。腹が出ていたら個性なのに歯が黄ばんでいるのはだめっておかしくないですか？』

『うーん、歯並びが悪いと健康上の問題もありますし……』

『いや、肥満なんかその最たるものでしょ。けっきょく相手の人生なんか興味ないから、多様な美しさとか無責任に言えるんですよ』

最初はちぐはぐな組み合わせにハラハラしたけど、このふたりのやりとり自体がコントみたいでだんだんおもしろくなってきた。公開されたくらいだからオチはついたんだろうけど、どうなるんだ、この動画。

『私、穂乃花さんが他のインフルエンサーと違うなって感じたのが、きれいごとを絶対に言わないところなんです』

『そうですか？　まあ、嘘つけないところはあるかもですけど』

『穂乃花さん、デブに人権なんかないと思ってるでしょ？　自分大好き、庶民どもに私の生き方をお裾分けしてあげる！　って感じ、全然隠さないですもんね』

ぎくりとする。えーっ⁉　と大げさにのけぞる穂乃花の目も、あきらかに泳ぎだした。

『そこが好きなんですよ。私が嫌いなのは、たまたま理想の自分像が手に届く範疇《はんちゅう》にあるっていう特大のラッキーを得ていながら、しれっと「だれだって理想の自分になれる！」とか嘘ついて、それを押しつけてくる人なんです。手が届く自分になんか興味が持てないから苦しいのに。私を知りもしないくせに「本当のあなたを好きになろう」とか焚《た》きつけられても、おまえになにがわかるんだって話ですよ』

『えー、私も言っちゃってたかも！』

やだやだ、と手を交差させて口を押さえる穂乃花の目は、相変わらず揺れている。ただ同時にいつになく輝きを増してもいて、初恋に戸惑う女の子みたいに見えた。

『自分らしく生きる方法なんて、あきらめる。それだけですよ。少なくとも私みたいな、なんにもない人間にとっては。勝手に外野がキラキラした言葉で飾らないでほしい』

『でも、その結果として存在するいまのヨッシー☆さんが、こうして世間から認められてバズってるわけじゃないですか』

『そりゃあ、私みたいなイロモノが多少耳に痛いこと言っても、格下の遠吠《とおぼ》えにしか響きませんもん。ぶっちゃけそうでしょ、穂乃花さんだって？』

『いやいや……』

苦笑いする穂乃花にかぶせて、テロップで「ボコボコ…💦」と表示される。

一見ただのウケ狙いに思えるが、同じ動画制作者として、私には穂乃花がわざわざこの編集を加えた意味がわかった。これは意思表示だ。彼女はゲストの言葉が「効いた」、つまり、自分大好きでデブに人権を認めない女だとみずから肯定してみせた。今後、彼女が配信を続けていくにあたって、大きな覚悟を伴う転換の一歩だ。

『みんなが喉から手が出るほど欲しいものをしれっと手に入れといて、善人面して「ありのまま生きていただけ！」とか言う奴がいちばんウザい。幸せな人間は、それだけで幸せじゃない人間を傷つけるんです。媚びろとは言わないけど、いいとこどりは卑怯《ひきょう》ですよ』

ひとしきり相手のターンが終わると、穂乃花は『要するに自分の欠点も認めてあげるのが大事ってことですよね！』とざっくり着地させ、口を挟む隙を与える前に『この本に出てくる人たちも完璧じゃないけど憎めないっていうかー』と、なかば強引に宣伝に誘導した。彼女の編集技術か隠れたMC力か、そこからなんとなく場は収束して最後は感動的な音楽で『本日はありがとうございました！　今度ごはん行きましょー』とさわやかな雰囲気にまとめられていたけど、こっちの体に残る疲労感はごまかせない。

三十分近い動画を、私は気づけば前のめりになって視聴していた。ゲーミングチェアにもたれてしばらく脱力する。最近の穂乃花の動画の中では、正直ずば抜けておもしろかった。きっと賛否両論はあるだろう。ただひとつ言えるのは、間違いなくバズる。同業者としての嗅覚《きゅうかく》がそう告げている。

コメント欄をスクロールすると、案の定、もうさまざまな声が渦巻いていた。穂乃花がどの程度コメントを管理しているか知らないけれど、今回に関してはある程度ネガティブなものも残しておくはずだ。なにせ彼女自身が仕掛けたプロレスの場なのだから――いつもと毛色の違う意見の数々を読み進めていくうちに、ふと手が止まる。

『ヨッシー☆さんが言った嫌いなインフルエンサーって、Kなめのことかな？』

投稿は三十分前なのに、もう二桁の「いいね！」と、いくつもの返信がついていた。

『私も真っ先に同じ人を思い浮かべたｗｗｗ』

『昔はよく見てたけど、最近ノリが宗教じみてきたからちょっと引いてたんだよね。共感してくれる人がいて安心した』

『あの人の影響で「努力すればなりたい自分になれる」と勘違いして、無茶なダイエットする若い子が増えた気がする。あそこまでポジティブだともはや暴力に近い』

『穂乃花さんみたいに無理なものは無理って言う人のほうが信頼できるわ』

『同じ意見の人がいてよかった～。前から嫌いだったけど、好感度が高すぎて自分の心が汚いのかと思ってた！　あの違和感、この動画に肯定してもらった気がする』

世界にひびが入り、急速に亀裂《きれつ》が深まる音を聞きながら、私はどんどん伸びていく穂乃花の動画のコメント欄をずっと追っていた。

ヨッシー☆はひとつ、明確に間違っている。彼女は穂乃花が「デブに人権なんかないと思ってる」と言った。穂乃花が人権を認めていないのは、デブに対してだけじゃない。

歯に衣《きぬ》着せぬと言えば聞こえはいいが、配慮に乏しい彼女の発言は前からちょくちょく反感を買っていた。それがもっとも大きい騒ぎになったのは、韓流《はんりゅう》ブームに苦言を呈したときだ。いま若い子に流行《はや》ってますよね、たしかに画面映えはするけど私は苦手、食べ物とか、全体的にナチュラルじゃない感じがする。そんな発言が切り取られ、嫌韓ババア、逆張りウザいと普段の視聴層とはあきらかに違う人たちがチャンネルに流れ込んできた。しばらくコメント欄を閉じざるを得なかったのがさすがにトラウマになったのか、騒ぎが沈静化したいまでも穂乃花はひそかに逆恨みめいた韓国への反感をこぼすことがある。

私自身、彼女が「韓国の女性は痛々しいくらい細くて心配。日本よりルッキズムがひどい国って珍しくない？」と、台詞とは裏腹に楽しげに語る姿を目にしてから、彼女には爆発物のように幾重にも梱包《こんぽう》した言葉で接するようになった。長年の友達を嫌いにはなりたくない。ただ、少し自分が見る角度を変えれば済むならそうしようと決めた。

真実はいつもひとつしかない。大事なのは、どう表現するか、なのだ。

『かなめ、前からうさんくさいと思ってたから、とうとうメッキが剝《は》がれて嬉しいわ！』

ヨッシー☆の発言によって、私を「文句を言ってもダサくない相手」とみなした人たちが調子づくのはあっというまだった。最近では、普通にSNSを見るだけで伏せ字なしの悪口が目に入ることがある。彼ら彼女らはたいていこうして「自分は気づいていた」けど

「バカな世間に合わせて言えなかっただけ」だと主張する。花畑の絵をただぼーっと見て「きれいだね」と調子を合わせていたくせに、片隅に描かれた小さな芋虫の存在をだれかが指摘したとたん「私もずっと気持ち悪いと思っていた！」と叫び出すような滑稽《こっけい》さだ。

言われなきゃわからなかったんでしょ。じゃ、あんたの世界になかったんだよ。その程度だったんだよ。こいつは攻撃していいという免罪符を得ないとなにもできないくせに、さも先見の明があったような顔でさかしげに後出しするな。そんな連中に私は負けない。

それに、ユキがあの細い体で受けてきた悪意はこんなものじゃない。

サウナに入っているときと同じ。だれも熱波の中で深く呼吸なんかしない。息を殺し、体にぎゅっと力を入れて、悪意で全身がひたひたになっても心の奥までは変容させない。取り返しがつかなくなりかけたところでさっと引き返し、正反対の場所で身を清めれば、あっというまに「ととのう」ことができる。

「では、みなさんお待ちかねの方にご登場いただきましょう。かなめさん、どうぞー！」

ステージの上から芹沢さんに呼ばれ、私は緊張で浅くなる呼吸を整えてから、野村さんが差し出すハンドマイクを受け取って笑顔でお客さんの前に出ていった。

美容院にもネイルにもまつげエクステにも行ったし、とっておきの服と靴も用意した。メイクはプロに頼むか迷ったけど、慣れないことをして隙を作りたくないから自分でやった。自分が光を放てば、反発するものは影になる。そんな願いを込めた完全武装。

「やっほー、かなめでーす！」

今回の出版記念イベントの参加者は、満員御礼の八十人。目の前にそれだけの数の笑顔と拍手があると思うと、たちまちそれが質量を伴い頼もしく私を取り巻いてくれる気がした。しかもチケットは抽選制だから、実際にはその何倍もの味方がいるということだ。数字は大事。すべてではないけど、見える世界を鮮やかに彩る。美しく磨かれた言葉と同じ。

とはいえ、ここに来てくれた人の中にも、私がネットで叩《たた》かれだしたことを知っている人や、それを機に自分の負の感情にまでフォーカスを当ててしまった人はいるだろう。でも、なんてことない。それは新たに生まれたものではなく、最初からあったもの。ユキがいつもそうしているように、上回る輝きを放って目を逸《そ》らさせればいい。

私が椅子に座ると、少し離れた場所にある椅子に芹沢さんも座り、トークコーナーが始まった。司会進行を務める彼女はこれが産休前最後の仕事とあって準備にかなりの気合いを入れてくれたし、もともと話し上手でもあるので、そのペースに委《ゆだ》ねていたら会場の空気はあっというまにほぐれていった。披露されたエピソードトーク——本ができるまでの苦労、編集者（自分）のスパルタぶり、こだわりすぎて私が締切間際に知恵熱を出したこと——はどれも完成度が高く、思わず素で笑ってしまうほどで、そのたびに客席からいい反応があるから嬉しくてお互いますますサービストークをしたくなり、あらかじめ用意された台本から脱線する方向まで自然と舌が回った。

「つくづく、いまの私がいるのは芹沢さんのおかげです。ありがとうございます」

「いやそんな、かなめさんの実力ですって！」

「芹沢さんが私自身より私のことを信じて、ずっと励ましつづけてくれたおかげで、私はいまこうして胸を張ってかなメイトのみなさんの前に立ててるんです。たとえ自分を見失いそうになっても、芹沢さんにふさわしい存在でありたくてがんばれたんですよ」

これを機に伝えようとあたためておいたメッセージは、ユキがよく口にしてくれる台詞へのオマージュでもあった。

クールで辛口なイメージのユキだが、その実、ユピテルへの愛と感謝はだれよりもまっすぐだ。私がステージで輝けるのはみんなのおかげ、自分を見失いそうになってもあなたたちにふさわしい存在でありたくてがんばれる、私自身より私のことを信じてくれてありがとう、と断言してくれる。彼女のファンとしてそれを聞くたびに、花束のような言葉だと思う。自分が心から嬉しいからこそ、同じような言葉のプレゼントを、自己満足ではなく本当に喜んでもらえるものを、お世話になった芹沢さんに贈りたかった。

いつもおしゃべりな芹沢さんは珍しく返事に詰まり、濃いめにアイラインを引いた目にそっと手をやった。と、思うとみるみるその顔が赤くなり、声が震えだした。

「え、やだー。もう、かなめさんったら、やだ。どうしよう、えー、やだー」

いつも饒舌《じょうぜつ》な芹沢さんの語彙力が、ここまで破壊されるところは見たことがない。客席がざわつく。芹沢さん越しに、舞台袖《そで》で様子をうかがう野村さんの左半身が覗《のぞ》いていた。

えー、やだー、どうしよう、を繰り返しながら、芹沢さんはゆったりしたワンピースのポケットからハンカチを取り出して目に当て、呼吸を整える。それから、ごめんなさい、と感極まった声で、私ではなく客席に謝った。

「かなめさんが主役の席で、みっともないところをお見せして……私こそ、かなめさんがいるからいまの自分がいるんです。なんだかいろいろ思い出しちゃって、すみません」

「芹沢さん、大丈夫？　お水飲む？」

場の空気を変えようとわざと明るく呼びかけても、芹沢さんはこっちを見ない。

「個人的なことで恐縮なんですけど、じつは私、ずっと不妊に悩んでいたんです」

ゆるゆると笑いが起こりかけていた空気が、その瞬間ぴっと張り詰めたのがわかった。

「若いころは有名人が口にする体重やウエストの数値を真に受けて、細いことが正義だという幻想に支配されていたんです。無理なダイエットで体を痛めつけてきた、そのつけがいまになって回ったんだって自分を責めて、ますます身も心も削って……生きる意味がわからなくなるほど思い詰めたころに出会ったのが、かなめさんの動画でした」

芹沢さんはいつも、私を美しい言葉で飾り立てることに力を尽くしてくれていた。でも、ここまで彼女自身について語るのは初めてだ。

「ここにいるみなさんなら、わかってくれると思います。かなめさんの動画はただのダイエット指南じゃない。自分らしい生き方を教えてくれるんです。画一的な正解を押しつけるのではなく、ひとりひとりがもっとも楽にいられるためのヒントを一緒に考えてくれる。こんなに視聴者思いな人はいません」

「やだなー。芹沢さん、大げさだよ」

「だから私、許せないんです。かなめさんのことを知ろうともせず、ただ正論の押し売りをしているように責める人たちのことが」

　やっと気がついた。

　芹沢さんが見ているのは、客席ではない。その後ろに設置された配信用のカメラだ。

「かなめさんを苦労知らずのキラキラ女子みたいに言う人は、なにもわかっていません。表に出さないだけで、悩んで、苦しんで、その過程で得たものを私たちに共有してくれているのに。言葉が優しくて明るいのは、だれも傷つけないようにするため。傷つく痛みを知っているからです。そんな相手に毒を吐くのが、センスのある人の行動でしょうか」

「芹沢さん、いいから私の話は」

　ちょっと声が大きくなってしまった。その証拠に、芹沢さんはようやくカメラから視線を外してこちらを見た。あきらかに穂乃花とヨッシー☆の動画と、それをきっかけに変わった私への風当たりを知っていて庇《かば》おうとしてくれている。気持ちはありがたい。でも直接名指ししないとはいえ、こんなに敵意を剝《む》き出しにしたら事を荒立てるだけだ。

「かなめさんの一ファンとして、かなメイトのみなさんにお願いです。かなめさんの信念を正しく受け取ってください。安易にモデルやアイドルの体型に憧れて、自分以外のだれかになろうとするようなことはせず、自分が主人公の人生を生きてください」

またしても芹沢さんは前を向いてしまった。訴えるようにその横顔を見ていると、代わりにこちらの様子をじっとうかがう野村さんが目に入りつづける。なんとかして、と少しだけ顔で訴えてみても、彼女の表情は変わらない。だんだんイライラしてきた。

芹沢さんはあきらかに、私を庇うという正義感に呑み込まれ、自分の吐く美しい言葉に中毒を起こしかけている。止めなければ、きっと大変なことになってしまう。

「そもそも私はああいう、無理をしないと維持できない体型をよしとする風潮自体がなくなればいいと思うんです」

ずっと私の信念を代弁しているような自然さで、なめらかに芹沢さんの言葉の主語が「私」になった。とっさに口を挟む。またしてもバキバキの目でカメラを睨む芹沢さんではなく、引きはじめている客席に笑顔で語りかける。

「いや、もちろんいろんな美しさの形がありますけど、アイドルのみなさんの体型だってすごい努力の上で成り立っていますから。そこは素直に尊敬できますよね！」

「努力の方向性が間違っています」

ああ、と悟った。もうだめだ。私のために熱弁を振るっていたはずなのに、彼女には、いまや私の言葉すら届いていない。

「アイドルのドキュメンタリーとか見ると、もう純粋に応援なんてできませんよ。美談として発信することが異常です。食べたいものも食べられず、ろくに睡眠もとれず、ひたすら笑顔で歌って踊って性的に消費されて、感情を持つことも許されない操り人形同然で」

「芹沢さん、言いすぎだよ」

いまの状態の彼女に届くよう、あえて語調を強くした。最前列のお客さんが息を呑んだのがわかって顔を背けると、舞台袖で目を丸くしている野村さんと視線が合った。

「彼女たちは、ただ大人の言いなりになっているわけじゃない。自分の夢と信念を持ってプロとしてステージに立っている。それなのに、その言い方はないんじゃないかな」

「やりがい搾取ですよ。無知につけこまれて、若さと美しさを使い潰《つぶ》されているんです。あんな体型をキープさせて、将来子供が産めなくなったらどうするんですか」

「子供を産めるのがそんなに偉いの？」

芹沢さんがやっとまっすぐこちらを見た。

「さっきから自分らしさ、自分の人生って言いながら、芹沢さんだって『産める体であることが絶対』という思い込みを強制している。たまたま子供が産みたくて、たまたま産めるようになれて、自分はラッキーだった。それだけのくせに、他の価値を人生に見出《みいだ》している かもしれない人たちにどうしてそこまで上からものを言えるの？　私を使って自分の思想を押し売りするのはやめてください」

芹沢さんのマイクを持った手が、だらりと床に向かって垂れ下がった。

会場が水を打ったように静まり返る。

やがて、ぱん、ぱん、と、小さな破裂音のようなものが響きはじめた。

拍手だった。オープニングでこの場にいる八十人から浴びた、あたたかく守ってくれるような、包み込むようなものとは違う。あきらかにたったひとりしか打ち鳴らしていないそれは、映画みたいに同調を呼んでいつのまにか万雷の拍手に、なんてこともなく、淡々と、たったひとりの手から一定の速度で鳴らされつづけた。それは私を励ますどころか、むしろ孤立と、これまで見ていた世界からの離別を決定づけた――いや、世界はべつに変わっていない。ただ、亀裂がぱっくりと開き、そこから裏表がひっくり返っただけだ。

さようなら、だれも傷つけない、みんなに好かれる、嫌いになるほうが悪だと思わせる、優しくて明るいかなめさん。

野村さんの声で「お時間の都合により、トークコーナーを終了いたします」とアナウンスが入った。客席がまたざわつきだす。逃げるように出口に向かう人もいれば、戸惑いをあらわにしつつ凍りついている人もいた。私はしばらくそこに座ったまま、飛んでくる視線を受けては見返した。自分が退場するときには微笑みながら会釈をしたり、手を振ったりさえした。動画でいつもそうしているように。

あなたたちには私がいきなり豹変し、自分たちを裏切ったように見えているかもしれない。でも、私は最初から、なにも変わってなんかいない。

控室に戻ってマイボトルで水を飲んでいると、芹沢さんが野村さんに支えられて入ってきた。こちらが声をかける前に、力なく「ごめんなさい」と頭を下げられる。

「私、知っていたのに。かなめさんが、昔の私と同じ痛みを抱えていること」

てっきりイベントを台無しにしたことへの謝罪かと思い、こちらこそ、と謝り返す気でいたら違うらしい。だから素直に「違うよ」と言ったのに、彼女はいやいやをするように首を振った。

「最低です、私。自分がやっと子供を授かったからって浮かれて。身近な相手に子供ができた、その事実だけでどれだけ疎外された気持ちになるか、立場が変わっても絶対に忘れちゃいけなかったのに」

「それは関係ないから。私はただ」

「本当にごめんなさい」

とうとう芹沢さんは本格的に泣きだした。野村さんがその肩に手を置き、ひとまず座りましょうともっともな声かけをする。それすら聞こえないらしく、芹沢さんはひたすら「ごめんなさい」と繰り返しながら耳を塞いでしまった。あーあ、と思う。なりたい自分を叶えてくれた恩人がたかがアイドルのためにむきになるキモオタだなんて、彼女に言っても決して認めないんだろうな。

「野村さん、芹沢さんにタクシー呼んであげて。ここにいると体によくないと思う」

「わかりました。かなめさん、お渡し会はどうされますか」

「どうってやらない選択肢ある？」

「なんとかすることはできると思いますが」

「やります」

「……承知しました。つらくなったらおっしゃってください、サポートしますので」

「ありがとう。少しは見直してくれた？」

野村さんは息を呑んだ。それから視線を下げ、芹沢さんが顔を伏せているのを確認してからふたたびこっちを見て、声には出さずに小さくうなずいてみせた。


「じゃあまた次の動画でお会いしましょう！　おつかれさまでしたー！」

架空の視聴者に笑顔で右手を振り、その手でカメラのレンズを覆う。空いた左手で撮影を停止して目線を上げると、エクササイズ中の動作確認のためにカメラの向こう側に置いた姿見に、ノーメイクで髪をひっつめた私の顔が映っていた。動画用の笑顔がじわじわと薄れていくのを、なんかウケるなと思いつつ観察する。

イベントが終わった後、私は謝罪と一ヶ月の活動休止を経て動画投稿を再開した。

動画の内容や私自身のスタンスはなにも変えていないけど、一度「叩いてもダサくない相手」とみなした存在が、いよいよボロを出したときの風当たりは想像以上だった。同じ笑顔と同じ言葉で呼びかけても、みんな勝手に見方を変え、そのくせ私が「変わった」と非難した。悪口を言うだけではなく、差し出してもいないものを勝手に掘り起こす行為も、私が対象なら正義とされた。

『かなめって、穂乃花と同じ雑誌に出てた金森《かなもり》めぐみでしょ？　業界人上がりじゃん。庶民アピールしてたの嘘だったんだ』

『二十歳で結婚して引退したらしいから、その相手と子供できなかったんだろうね……』

『だからって妊婦に八つ当たりとかみっともない、ストレスでお腹の子になにかあったらどうするの？　こいつみたいな女のせいで、苦しんでいる不妊治療中の人たちが腫《は》れ物扱いを受けるんだよ。害悪だから死んでほしい』

理屈が飛びすぎだろ、と思ったけど、正義でさえあればこの程度の飛躍は許されるらしい。ただ、自分に非がないとはさすがに思わない。怒りの感情は続かないものだし、責任を持って受け止めようと一度は覚悟したけど、攻撃の声がゆっくりと収まりかけるたびに『かなめって三十代のわりにかわいいのに妊婦様に粘着されてかわいそう』とか『ダイエットしても痩せたブスになるだけのデブスが成功者の美人に嫉妬《しっと》乙』とか擁護を装った愉快犯が参入し、新鮮に元凶である私への怒りが再燃するというサイクルが繰り返されるのでなかなか騒ぎが鎮まる気配はない。三歩進んで二歩下がるとはこのことだ。ここまで置いてけぼりにされるともうすべてが not for me に思えてきて、最近では、肯定的な声が比較的多いはずのハッシュタグの巡回もやめている。

もちろんチャンネル登録者数は目減りして、百万人記念動画はお蔵入りになった。こういうとき穂乃花なら「数字に惑わされない」と器用にプライドを保つのだろうけど、私は占いのいい部分だけ信じて悪い言葉は「たかが占い」と切り捨てるような振る舞いはできない。増えれば嬉しいし減れば悲しいので、まあシンプルにへこんだ。数字は大事だけどすべてじゃない。数字はすべてじゃないけど大事。言葉遊びのようで、どちらも真実だ。

私は嘘をついたことなんかない。聞かされた側の気持ちも考えず、なんでも正直に言うのが誠実とは思えない。言葉を磨き、数字をまとい、苦い薬に少しの砂糖を。嫌いな自分にはできるだけ明るい情報を。そんなささやかな工夫が嘘や見栄として糾弾されるのは、悔しいというより不思議だった。

編集の前にシャワーを浴び、ドライヤーで髪を乾かしながらスマホをチェックしていると、穂乃花からメッセージが届いた。またごはん行こ！　というお誘いと、店の候補がいくつか挙げられている。最近の穂乃花は私に優しい。以前から親切ではあったけど、こちらが台本から逸脱した演技をしてもある程度合わせてくれるのだ。現に活動自粛からほどなく食事に誘われたとき、私が彼女の提案を無視して「お肉がいい」と言ったらすぐ銀座《ぎんざ》の店を予約してくれた。穂乃花のことだから肉といっても鶏《とり》か馬だろうと思っていたら、ちゃんと牛がメインの高級焼肉店だった。

「わかる気がするんだ、カナの気持ち。主体性がない相手からむやみに崇拝されて、責任を押しつけられる息苦しさっていうのかな。表に出る人間特有の苦しみだよね」

と言った。

　抹茶アイスを例によって口角の上がった唇に音もなく吸い込みながら、彼女はしみじみ
「正直、あの編集者と絡みだしてからのカナ、疲れてる気がして心配だったの。だれかの理想を演じて自分を見失っているというか。だから不謹慎かもだけど、本当のカナが戻ってきたみたいで安心した部分もあるんだ。自信持って、わかる人にはわかるから！」

　いや、単に推しを侮辱されてキレただけだし、あの瞬間まで芹沢さんといて疲れたこともないです。そんな無粋な言葉は、締めのレモン冷麵《れいめん》と一緒に呑み込んだ。それに、すっぱい本音をつるんと胃に収めて「ありがとう」と微笑んでいると、もしかしたらそうだったかも、なんて気もした。自覚がないだけで私は芹沢さんに疲れていたのかもしれないし、怒ったのは痛いオタクの暴走ではなく、自尊心を守る防衛本能だったのかもしれない。

　芹沢さんからは、イベント後すぐ謝罪のメールが来た。ホルモンバランスが不安定で取り乱してしまった、という一文が真っ先に来たことには「これ以上責めたらあなたが悪人になります」という予防線を感じて引っかかるものがあったけど、あとはごく丁重な文面

だったので私もつとめて同じテンションで返事をした。直接謝りたいとも言われたけど、彼女がそのまま臨月に入ったので実現していない。お詫《わ》びの品である高級ゼリーの詰め合わせは野村さんがわざわざ自宅まで持ってきて、困ったことがあればご相談ください、芹沢に代わって精一杯対処いたします、とまんざら嘘や皮肉でもなさそうな態度で挨拶してくれた。あんなことをした以上、そう言ってもらえるだけでも御の字だ。

ゼリーの最後の一個を食べながら編集作業を進め、息抜きにＳＮＳをチェックする。活動休止中はかなめ名義のアカウントを見る気がしなかったので、いまだにもっぱら推し活用のほうがメインで稼働していた。ただ、アンチを利用した交互浴はしていない。オリジナリティがなくても、屁理屈《へりくつ》でも、読む前に予想がつくほど底が浅くても、悪意はいちいち新鮮に痛いと実感して以来、それを娯楽にする回路自体がぱったりと閉じてしまった。

サンダーボルトは日本でのテレビ出演とハイタッチ会を終えて、先日、韓国へと戻っていった。滞在中は食事を満喫したらしく、油そばやらコンビニスイーツやらを目を輝かせて食べまくる様子がＳＮＳやＶｌｏｇに逐一アップされ、その都度ユピテルたちは語彙を尽くして推しの愛らしさを崇《あが》め奉った。いつもなら全力で賛同するけど、人がたくさん食べる様子がいかに数字を得られるか、その後リカバーにどれだけ手間がかかるか、舞台裏を知る私はいまいち乗り切れず、欲望のまま食べるという本能的な行為すらコンテンツにしないとできないことがかわいそうにさえ思えて、もしかしたら彼女たちは本当に、芹沢さんの言うとおり「操り人形」なのではないかという考えがいちいちよぎった。そんなふうに思ってしまう、いや、最初から思っていたかもしれないけどわざわざそこにフォーカスしてしまうこと自体、終わりの始まりだと知っていた。

前の夫との離婚間際も、ちょうどこんな感じだった。私のため、心配だから、愛しているから。そんな名目で希望に満ちた励ましばかり口にして、その実それに追い詰められていく目の前の私のことはちっとも見ず、自分の言葉に中毒を起こしていた彼への違和感は知らぬまに私の中に蓄積されていた。ずっと目を逸らしていたそれに気づくきっかけをくれたのは、たしかに偶然目にしたユキの言葉だった。だからもし彼女の魔法から覚め、どうしてあんなに好きだったかわからなくなる日が来ても、私は前から気がついていた、あの子は変わった、と正当化することだけはしないでおこうと決めた。

でも、せっかくなら気持ちが冷めてしまう前、信仰心が絶頂のうちに、生身のユキを目の当たりにして感動を記憶したかったたな。

そう思ってからふと、モコ＊さんのダイエットは成功したんだろうか、という疑問が浮かんだ。

けっきょく、イベントに来ていたはずの彼女を特定はできなかった。お渡し会前に帰ってしまった人もいるようだし、残ってくれた人も総じて言葉少なでしっかり話せるような雰囲気でもなかった。活動再開後もペンギンのアイコンを目にした記憶はない。いまさら私に言えた義理ではないが、せめてユキのハイタッチ会ではつつがなく、推しの見る美しい景色の一部になっていてほしい。

インスタで「かなめジム」を検索してみたけど、あれだけの存在感があった鬼気迫る写真は不思議なことに一枚も現れなかった。私に関するハッシュタグを隅々まで辿っても、それらしきアカウントは見つからず、焼け野原になったタイムラインだけが広がっている。もはや意地だけに動かされていったん自分の動画に戻り、残されていた彼女のコメントからIDを特定する。アカウント名はSNSごとに変更してもIDまでは気が回らない人が多い。インスタでは該当する結果がなく、いくつかSNSを転々としてようやく「友子《ともこ》＊記録用」のアカウントが見つかった。自己紹介には「食べたものの思い出を振り返るアカウント。飯テロ注意！」とある。

『油そば　アボカドとチーズ追加』

最新の投稿を見てすぐ、それが日本滞在中のサンダーボルトのVlogでユキが食べていたのと同じ店の、同じトッピングをしたメニューだとわかった。簡潔な本文、そして写真のアングルや彩度の調整の癖からしても、インスタと同一人物で間違いないだろう。

最初は、無事にダイエットから解放された喜びの報告かと思った。だが、日付を遡《さかのぼ》って過酷な食事制限をしていたはずの期間に突入しても、ハイカロリーな記録は途絶えることがなかった。油で揚げて砂糖をまぶしたチーズドッグ、網の上で脂を光らせる牛タン、プリン体を寄せ集めたような海鮮丼。確実に内臓に悪そうだけどコメントは『おいしいもの食べてうらやましい！』とか『どこの店？　私も行きたい』とか好意的なものばかりで、ダイエット用の食事記録につきものの、心配という名の敵意はどこにも見当たらない。自分を変えたい、現状に満足していないという隙にはつけ入ることができても、充足している相手に「あなたのため」という欺瞞《ぎまん》は通用しないのかもしれない。それとも美しいアイドルと同じようにおいしいものは脳を溶かすのかな、と思いながら本来の目的も忘れて禁断の食べ物を目で追うだけになりかけたとき、華やかなフルコースの写真に指が止まった。タグ付けされた場所は赤坂《あかさか》の、予約半年待ちと言われる高級レストラン。

『お正月は家族でフレンチが習慣です　お節もお雑煮も食べたことない！』

しばらくそれを見つめた後、私はそのSNSをアンインストールした。

騙されたとは思わなかった。どっちが嘘でどっちが本当とか、考える気も起きない。私が一方的に掘り起こしただけで、彼女はもともと、彼女なりの真実を彼女なりの手段で伝えようとしたにすぎないのだ。彼女も私も、穂乃花も、芹沢さんも、きっとユキも、ありとあらゆる手段で武装して折り合いをつけて生きている。not for me な自分自身と。

『たまにはフランス料理食べに行かない？』

今回はスルーしようと思っていた穂乃花の誘いに一言返して、私は編集を再開した。

純粋に疑問なんだけど

『人生の価値を決めるのは、お金じゃない』
『貯金は、お墓に持ち込めない』
『通帳のゼロの数を追った先に、幸せはない』
『人を思いやる心、人に感謝する心』
『それさえあれば、自然と周りに人が集まる』
『その、人の数だけが』
『あなたの人生の、本当の価値を決めるもの』

…………

え？　オチは？

下手な小説に出てくる関西人《かんさい》みたいなツッコミを入れてしまった。イメージは、文芸誌主催の新人賞で一次選考落ちする応募作品。受賞作を決めるのはプロの作家からなる選考委員だけど、それまでの選考は編集部が主導で行う。私も前の部署にいたときは、先輩と交互に同じ小説を読んで評価を総合する形で参加していた。

あそこにもし「なにかと『オチは？』と訊《き》く関西人」が意味もなく登場する作品があったら、私はすぐ×をつけたはずだ。関西人は実際そうです、会ったことあります、という問題じゃない。現実味があることと現実であることは違う。いや、私自身が関西出身の父を持ち、幼いころから「オチは？」とツッコまれる環境で育ったからこそ、どうせこんなもんでしょと言わんばかりのクリシェへの抵抗は強い。

そんな禁じ手がとっさに出てしまうくらいの衝撃だった。インスタに七枚に分けて投稿された毛筆の縦書きで綴《つづ》られたメッセージには、親しみやすいフォントや一文字ずつ違う色に塗って楽しませるカラーリングで、人目を引くために細かい工夫が施してある。その努力は褒めたい。でも、肝心の中身がこれで終わり？

まず、この不景気に「お金は大事じゃない」的なことをハートフルっぽく言える気持ちがわからない。中の人、お金に困ったことがないの？　拝金主義を否定しながら「友達は多いが勝ち」という新たな数の暴力を植えつけにかかるのも、ツッコミ待ちとしか思えない。貯金は「お墓に持ち込めない」から大事じゃないけど友達の数は大事って、友達は墓に引きずり込めるって意味に受け取れるけど大丈夫？　そんな大事な存在を、自分の価値を決める道具として扱うことに抵抗はないの？

純粋に疑問なんだけど、どうしてこれを重大な啓蒙《けいもう》みたいに投稿しようと思ったの？世界に発信する前に「本当か？」って少しは疑わなかった？　このアカウントをフォローしている何万という人たちは、この定型文に本気で心を動かされているの？　そうだとしたらどういう点に？　表現って拙《つたな》くても自分の頭で考えてこそだと思うけど、見た目がきれいだったら中身はなんでもいいの？　いや、わかんないわかんない。こんなふうに感じるのって私だけ？

「野村です。……そうですか。はい、改札にいます。カメラマンさんはもう会社に到着して、セッティングしているところです。……お待ちしてます。お気をつけて。はーい」

予定時刻を過ぎること十分、待ち合わせの相手はいま駅のホームに着いたものの、先にトイレに行っておきたいらしい。彼女のことだから、どれだけ遅刻していても鏡を見れば化粧や髪型を直すはずだ。最低でもあと五分はかかるだろう。私はまたスマホに目を落とし、表示されたままだったカラフルなポエムの投稿を親指でブックマークに保存した。

いまの部署に異動した私の最初の仕事は、各種ＳＮＳにアカウントを作ることだった。インフラレベルのメジャーなものから「なにそれ」みたいなものまで、そこに情報を発信する人がいれば種類は問わない。移動中、食事中、入浴中、遅刻した仕事相手を待つ時間も、暇さえあればそれらを巡回し、めぼしい投稿を保存して、そこから書籍化できそうなものを探すのが今日に至るまでの日課だ。

この「めぼしい」は「いいと思う」と同じではなく、私のおもしろいか否かの感覚と、売れる本になる可能性とのあいだの溝にはすぐに気がついた。自分のセンスを疑って最初は落ち込んだし、いまの部署でなにをすべきかわからなくてモヤモヤしたけど、先輩の芹沢さんいわく「ノンフィクション部門ネットメディア班」――ネットで活躍中、もしくは活躍の見込みがあるインフルエンサーの書籍を担当するこの部署は、新しいだけに従来のノウハウが通じず、似たような無力感にはみんな苛《さいな》まれるらしい。とりあえず数を打つしかないよ、と私の青い悩みを先輩は笑い飛ばした。自分になにができるかなんて、やる前から考えてたらなんにもできないよ。

だからいまや、とりあえず一次選考は自分の親指に任せている。

さっきみたいにどれだけ頭が疑問を呈しても、無意識に親指が動けばいったん「企画を提案するのもアリ」というキープリストに入れる。どうせ常識が通じないなら、うだうだ迷ってもしかたない。それに、これは一年かけて少しずつ受け入れてきた事実だけど、その手の本を求めるユーザーの大半は常識を疑うだの自分で考えるだの、難しい自己改革は求めていない。なんとなくしんどい日常を飲みやすいサプリメントで元気づけられつつまたなんとなく生き延びたいだけで、痛みを伴ってまで胸を切って病巣を取り除きたいとは思わない。内容はそれこそ「え、オチは？」と訊きたくなるほど普通でも、なんだかすごそうな人から「この秘密を見つけたのは世界で私が最初だけど、大切なみんなには特別に分けてあげる！」と断言されたら、疲れた脳は「そうなんだー」と満足する。

着信から五分経った。改札のほうを確認したけど人影はない。初めてうちの会社に来てもらったときに「駅からの道が複雑だった」という理由で信じられない遅れ方をした人だから念のため迎えに来たけど、さすがに駅の構内で迷子にはならないよね、と少し不安になる。まさかとは思うけど、その「まさか」を起こす人であることも事実だ。もう五分来なければ連絡してみようと決めて、またスマホに目を落とし、ニュースアプリから通知されていたエンタメの記事をチェックした。

ネタ探しだけではなく、話題作りのための情報収集も仕事の一環だ。流行には疎いけど逆張りもダサいので、仕事相手が勧めてきたコンテンツにはひととおり触れてみている。よく挙がるのは韓国のアイドルの名前で、私が「何年か前、高校の後輩がオーディション番組に出ました。落ちましたけど」と言うと「なんの番組？　だれ⁉」と食いつかれるので、その番組に関する情報、とくにそこでデビューしたグループであるサンダーボルトの動向は自然と追うようになった。昨今のアイドルには珍しく少数精鋭で、ずっと視聴者人気一位だったメインダンサーで最年少のアリスを中心に、面倒見がいい体育会系リーダーのベル、日本人でツンデレキャラの歌姫ユキ、ビジュアル担当のリリーの四人で構成されている。自分が「ゆり」だという単純な理由で私はこのリリーにまず興味を持ったけど、残念ながら見たかぎり、彼女に突出した点はない。

メンバーで唯一、歌もダンスも未経験の状態でオーディションを受けたリリーは、初めて参加者全員で披露したダンスのぎこちない動きと必死すぎる顔が「下手でもがんばる姿に胸を打たれる」と注目を集めた。番組中も、振り覚えが悪いせいで教えてくれるチームメンバーを悩ませ、歌唱評価の本番で歌詞を飛ばし、ホームシックで熱を出し、そのたび視聴者の庇護《ひご》欲をくすぐって「応援したくなる」と順位を上げていった。そんな彼女がデビューして初のステージで他のメンバーと遜色《そんしょく》ないパフォーマンスを見せたとき、ファンはその成長と陰の努力を思って涙を禁じ得なかった——いや、なんで？

本気でアイドルになりたいなら、オーディションまでに自腹でレッスンを受けるとか、なにかしら努力できたと思う。高校のダンス部では幽霊部員だった私すら、初期のバズったダンスを見て感動どころか「カウントの取り方も習わず人前に立つんだ……」と絶句した。私の後輩は最終選考にも残らなかったけど、在学中から段違いにうまかったのにだれより真剣にずっと練習していたと有名だった。プロを志すってそういうことのはずだ。

得意不得意はしかたない。でも、未熟を理由に人気が出るなら長年地道に努力を重ねた子がバカみたいだ。努力している。みんなそうですが？　涙に感動した。他の子は我慢しただけかもしれませんが？　わかんない、実力で上回る他のメンバーより時に多くの人の「胸を打つ」らしい彼女の、なにがそんなに特別か理解できない。これって私だけなの？

そう思いながらつい、リリーの顔や名前を見つけると「親指でタップ」してしまう。

スキルや性格が優れたメンバーは別にいるし、ビジュアル担当という肩書も好みによる気がする。むしろ、他に長所がないからそういう役目をもらったんじゃないかと勘繰ってしまう。さらには「シンデレラガールは真面目でひたむき」というお約束を覆す極度のマイペースで、カメラの前であくびをしたり話を脱線させたりするのは日常茶飯事。それでも、とくに日本人男性からの支持は随一らしい。私は彼女のアンチではないから、そういう子に惹《ひ》かれる人を否定はしないし、その事実に文句をつける気もない。ただ、純粋に疑問なのだ。圧倒的なものがなくても堂々としていられて、奔放に振る舞っても多くの人から許される存在の、一見不条理なからくりが知りたい。

野村さーん、と聞きなじんだ声が大音量で響き、私はやっとスマホを鞄《かばん》にしまった。

「なに期間限定梅アイスティーソーダって、相変わらずここのカフェってイカれてるよね！　ウケる～あたしこれにしよ！」

「わかりました」

私が内線で社内の喫茶室（カフェではない）に連絡しているあいだも、はしゆりは「だせぇメニューだな～」とげらげら笑っている。まさかこの電話口で注文を受けている相手が発案者ではないだろうが、それでも無意識に背中を丸めてしまった。初めてうちの会社で会ったときも、彼女は社内喫茶のメニューを渡すやいなや笑い出したっけ。

「こしあん練乳ミルクて！　出版社のヒトってエリートじゃないの？　いい大人が仕事中にそんなの飲んでいいんだー！」

彼女の人となりを動画以外で知らなかった当時の私は、「いい大人が」という言葉にびっくりして硬直してしまった。その表現が好意的に使われる文脈に心当たりがなかったし、嫌味にしては相手が楽しそうなのでどう解釈していいかわからなかったのだ。はしゆりは動物の断末魔のように笑いながら「これがいーです」と言い、飲み物を運んできたスタッフに「開発した人に頭いってんねって伝えて」と果たされるわけがない言伝《ことづて》を頼み、しばらく写真を撮って「映えね～」と口を尖《とが》らせた。こしあん練乳ミルクはすぐ脇に追いやられ、彼女の帰宅後、片付けをしながら確認したら中身が半分以上残っていた。

高橋《たかはし》さゆ梨《り》、通称「はしゆり」は、私が初めて自分から連絡したＹｏｕＴｕｂｅｒだ。私の三つ上だから今年で三十になるはずだけど、彼女の前で年齢差を感じたことがない。

若いというより、ヒトの尺度で彼女を測ろうとすること自体が無駄な気がする。あれから付き合いも長くなり、彼女の「だせぇ」や「いい大人が」は悪い意味とはかぎらないこと、そもそも意味よりも語感で話していることは理解した。取材した内容をライターに書き起こしてもらうときも、正しい日本語と「はしゆり語」のバランス調整に一役買ったのは私だ。生半可な分析や口真似など通用しないので、とにかく動画やSNSを（公にされていないものまで）見まくり、本人は食事会やお茶会のつもりでいる打ち合わせを重ねた。言語学のフィールドワークに近かった。

そしてようやく今日、表紙にかけるカバーの撮影までこぎつけた。このデザイン決めがいちばん大変だったかもしれない。本文に関しては「あたし活字苦手だからさ～」とほぼ無頓着《むとんちゃく》だったはしゆりは、そろそろ装丁を考えましょうと持ちかけたとたん「要するに本のサムネ？　マジ命！」と目の色を変えた。当初こちらが送った案には辛辣《しんらつ》なボツが出され、彼女が長年の編集技術を駆使した渾身《こんしん》の案はいわゆる「釣りサムネ」を模したもので、どうアレンジしても使い物にならないとデザイナーと営業担当に頭を抱えさせた。これまた私が間に入り、出版業界とSNSの世界では需要が違うのだとはしゆりを何度も説得した末に、顔のアップを大きく使うという結論――なんであんなに揉《も》めたかわからないくらいベタな結論――に落ち着くころには、デッドラインが喉元《のどもと》まで迫っていた。

会社の地下の撮影スタジオを使ったのは他をあたる余裕がなかったのと、時間の融通がききやすいからだ。カメラマンにも「通常これで終わります」という申し出プラス一時間で依頼した。彼女の遅刻癖も事前に考慮したつもりだったけど、それに加えてはしゆりが何度もやり直しを要求したせいでカメラマンは撮影が終わるやいなや慌ただしく機材を片付け、頭を下げる私を振り向きもせずにタクシーで去っていった。見ていただけ（正確には予定を三十分過ぎたころ「タクシー呼んどいてください」と言われて従っただけ）なのにどっと疲れつつ会議室に戻ると、はしゆりが「飲み物ってこれで頼めばいい？」と勝手に内線電話をかけようとしていて、いやカラオケじゃないので、と座らせていまに至る。

「長時間の撮影、お疲れさまでした」

「朝会ったときの野村さんちょーかわいかった！　目ぇまんまるくしてさー」

「はしゆりさんが帽子被《かぶ》っていらっしゃるの、珍しいとは思ったんですけど」

「ギリまで隠して反応見たかったからね！」

　突飛な言動のわりに服装の好みは「モテなくなるのが嫌」という理由で保守的なはずのはしゆりは、昨夜のうちに髪をショッキングピンクに染めた。本人いわく「いちばん色が濃いうちに撮りたいからシャンプーしたくなくて、でも風呂《ふろ》入らないの無理だから夜シャワー浴びて美容院こじ開けてやってもらって朝までかかった！」らしい。きのうの夕方に更新されたSNSでは普通の自撮りをアップしていたので油断していた。

「今回のカバーを見ても、はしゆりさんだとわからない方のほうが多いかもしれませんね」

「それが狙い！　ぼんやりしか顔覚えてない知らん女より、なにこの派手な女！　って驚かれたほうがインパクトあるっしょ？」

やんわりデメリットを伝えたつもりが、ドヤ顔で返された。どう、あなたみたいにぬくぬく生きてきた出版社のヒト（彼女はいつまで経っても「編集者」という言葉になじめないらしい）には考えつかない作戦でしょ、褒めて褒めて！　が全身から溢《あふ》れている。隠しきれずに滲んでいるのではなく、ダムの放流ばりのフルスロットルだ。

えーと。目に入ってびっくりして手が伸びる、それは基本的に無料でアクセスも簡単なオンラインでの戦略です。書店に並ぶ本って有料だし、この判型だと定価は千三百円から千五百円になります。今回の場合、部数も考慮すると税抜き千三百円くらい。驚いたから知らん女の本に千三百円出すって人、多くないと思いませんか？　ファンじゃないけど顔は知っているという層に訴求するのが売り上げの鍵《かぎ》なのに、自分で「派手な知らん女」に格下げしてどうするんですか？　責めたいわけじゃなくて純粋に疑問なんだけど、どうしてそんなに自信満々でいられるの？

「そうですかー」

返事を聞いたはしゆりは、子供のように頰を膨らませて背もたれにひっくり返った。

「ほんとクールだよねー。出版社のヒトって言葉いっぱい知ってるんじゃないん？」

「少なくとも私は勉強中です。ただ、たくさん知っているからこそ慎重に言葉を使いたいという場合もあると思います」

「あーだから作家ってコミュ障なんだ」

「作家の知り合いがいらっしゃるんですか」

「いるわけねーじゃん、あたしだよ⁉」

豪快に笑われた。無自覚な偏見にも悪びれない態度に沈黙する。慎重に言葉を使いたいなんて立派な理由ではなく、単に「もうええわ」と力尽きた。脱いだニット帽でぺしぺし机を叩《たた》きつつ、なにがおもしろいのか延々と笑っているはしゆりを見ていると、全身に渦巻く疑問が毒気とともに抜けていく。

「野村さんマジ箱入りってかズレてておもろいよね、昔の小説ばっか読んでたせい？」

「ばっか、というわけではありませんけど」

「育ちの問題かなー、名前の由来も変だし」

「よく覚えていらっしゃいますね」

初対面の彼女に緊張していた私は、名刺を渡したときに「名前似てますね」と言われ、話の糸口を摑《つか》みたい一心で「漱石《そうせき》の作品が由来なんです」と口走ってしまった。キャラ的にまあ『夢十夜』は知らないかもしれないとは思ったけど、日本で義務教育を受けていればかならず通るはずの名前にまで「は？」と返されたときにはあっけにとられた。あとでググる、と言われて信じないまま作者の表記と作品名を教え、次会ったとき「野村さんって毒親育ち？　死んだ女に粘着して百合咲《ゆり》いてハッピーって意味怖かなんか？　意味怖かな娘の名前つける親ヤバない？」と謎に心配されても怒りを感じなかったのは、ちゃんとググったんだ……という意外性ゆえだ。

「理屈を超える美徳の存在が許されるのも、文学のいいところだと思います」

どうにかひねり出した答えにきょとんとされたのちに爆笑されて以来、私は彼女に対しては客観的に立ち回ることに専念している。

「だからさっきの野村さんの顔は激レアだった！　ようやく年下に見えたもん。わざわざドンキで帽子買った甲斐《かい》あったわー」

「ドン・キホーテにはいまの時季からニット帽が売っているんですね」

「そりゃドンキだもん。もしかして行ったことないの？　ガチお嬢！」

「お嬢様は行かない場所なんですか？」

「いやもうね、その質問がお嬢！」

社内喫茶のスタッフが飲み物を運んできた。はしゆりは待望の梅アイスティーソーダを受け取りながら、その相手に「こないだの意見伝えてくれた？」と声をかけている。アルバイトだろう女性スタッフが「はい」と答えると「あざっす」と言い、すぐ興味をなくした様子でスマホをいじりだした。

お知り合いですか、と訊きかけたところで記憶がよみがえる。だいぶ前、はしゆりがいまと同じく飲み物を運んできたスタッフに声をかけていた光景。内容は忘れたけど「そのほうがバズるって開発した人に伝えて」と物申していた気がする。というより、隣で「社内喫茶がバズってだれが得するの？」と思ったのを覚えている。そのときの相手がさっきのスタッフと同一人物かなんて、私は少しも気にしていなかった。


待ち合わせまで余裕があったので、その前に同じビルにある書店に立ち寄った。

看板用のネオンの真下に設置されたモニターでは、小説原作の映画の予告映像が流れている。そのさらに下、書店の顔とも言える通路に面した棚は「映像化特集！」というポップで飾られ、漫画や小説が面置きで並んでいた。何冊かは私も持っているけど、帯がすべて「映像化」の際に出演する芸能人の写真に変わっているせいでなんだか見慣れない。カバーごと挿《す》げ替えられた作品もある。本の販促で「映像化」を売り文句にするのはよくある手法だけど、映像になるのはレベルアップだという価値観で明るく彩られているようでいつも少し気持ちが陰る。

そこから店に入ってすぐの場所は、平積みのスペースになっている。今月の新刊や文学賞の受賞作より広く幅を占めているのが、こちらを見つめる顔、顔、顔。中でも新進気鋭とされるインフルエンサーが本を出すと、帯文には高確率で挑発的な台詞が躍る。いわく「やっと時代が俺に追いついた」「私の好きに生きてなにが悪い？」「社会の言いなりになんかなってたまるか」――私自身もこの手の本を作る人間だから、こういう強気な売り文句に一定の需要があるのはわかる。だから真に受けているわけじゃないけど、参考までにいろいろ訊いてみたくはあった。まず作り手側は、この「俺（私）以外みんなバカ」のスタンスにだれも疑問を覚えなかったのか。どうして本を買ってくれる読者も「社会」や「時代」の一部であることに無頓着なまま喧嘩腰《けんかごし》になれるのか。わざと挑発しているつもりなら、もっと人の痛いところを突くような表現を考えることはできなかったのか。そして読み手側は、これを見せられてなにも思わないのか、それとも、こんな定型文でも推しの顔から放たれていれば無条件に感動してしまうのか。

　目を逸らし、逃げるように店の奥へ進む。中央のエリアでは雑誌のコーナーが展開されていて、どっちがおまけかわからないほど付録を充実させたり人気アイドルを表紙に起用したりすることで逆転を狙うファッション誌の数々が、わかりやすく購買意欲に訴えかけるきらびやかなオーラを放っている。そこを通り過ぎるとT字路があり、雰囲気がぐっと落ち着いてくる。右手側の一帯は漫画とライトノベルのコーナー、左手に行くと占い本、さらにその向こうが実用書や参考書。そして、いちばん奥まった場所に文芸の棚がある。

　そこに至って、私はようやく深い息ができる。

　頭の中で騒いでいた声が静まり、体がまだ見ぬ言葉の世界への期待で内側から波打ちはじめる。反面、不安にもなる。私が「出版社のヒト」ではなく無邪気な本好きだったころから、文芸書はこんなに角に追いやられていただろうか。駅前の、おもに服や化粧品を売るファッションビルだから、そういう客層に訴求する配置にしているだけと思いたい。

　最近はSNSでネタ探しばかりしていて、ゆっくり書店を訪れる余裕がなかった。少し前に有名な文学賞を獲《と》った新人の本、私が小さいときから活躍している大御所の新作といった、まだ売れ筋とされる棚をゆっくり観察しながら進んでいくと、出版社別に分けられた文庫本コーナーに行き着く。足が私の出版社の文庫レーベルの前で自然と止まり、作者の氏名順の棚差しから「た」を探す。

『すべての人になれないすべての人へ　棚香《たなか》泪《るい》』

　みちみちに詰まった列から、その一冊を引っ張り出す。案外強く抵抗を感じたことで、この並びの本が陳列されてから長く同じ状態でいたことに気づかされた。破らないよう少しずつ抜き取ると、女性のひとり暮らしの部屋を撮影した風景写真を使った装丁が現れる。なんの変哲もないワンルームだが、上下が反転しているのが最大の特徴だ。部屋干しの洗濯物は氷柱《つらら》のように上へと突き出し、中身がいっぱいのゴミ箱は獲物を狙う蝙蝠《こうもり》みたいにぶら下がっている。真昼の明るい室内なのに、それだけで本全体に不穏な印象が漂う。

　最初にこのアイデアを提案され、ラフを目にしたときの興奮を思い出すといまでも熱い唾液《だえき》が湧く。文庫になってもカバーデザインを変えなかったのは知っていたけど、こうして実際に見るとやっぱり、この作品にはこれしかないとあらためて確信できた。棚香さんの希望と各所の事情を擦り合わせ、いずれかを折るのではなく一段階高い位置で合致させることで生まれた名作。過剰な思い入れは仕事の邪魔になるけど、私はもう担当じゃないし多少感慨にふけってもいいだろう。

単行本は書店での場所取りがシビアだ。高価だしかさばるから、よほどのベストセラーでないかぎりずっと同じ棚にあることはない。その点、文庫はコンパクトで安価だから置いてもらいやすい。すべての単行本が文庫化されるわけではないけど、この作品は自力でそこを乗り越え、居場所を見つけてくれた。

より目立つ位置に置き換えたい衝動に駆られたけど、さすがに気が引けてそっと本を戻した。そのまましばらく店内を巡ったけど、なにを買ったらいいかわからないうちに約束の時間が来てしまった。書店を出て、一階上にあるレストランフロアのハワイアンカフェに向かう。待ち合わせで、と店員に伝えると、私の声に反応した棚香さんが奥まったテーブル席で顔を上げて会釈した。

「野村さん、お久しぶりです」

「すみません！　お待たせしてしまいましたか」

「いえ、仕事をしていたので。家だとはかどらなくて……でも、行き詰まってしまったところなのでちょうどよかったです」

テーブルにポメラを広げ、隣の椅子に私がさっきまでいた書店のレジ袋を置いた棚香さんは、こちらが気を遣う要素をすべて先回りして微笑んだ。入店から時間が経っているのはお冷の氷の溶け方を見れば明白だが、そのわりに手元のホットコーヒーは半分しか減っていない。こういう高次元の配慮をずいぶん受けていなかった気がする。はしゆりなら追加のドリンクどころかパンケーキでも頼むだろうな、それも季節限定とかトッピング全部盛りとか、こだわりはないけどとにかく高いやつ。打ち合わせの際の飲食代は出版社が経費で払うと教えたら、「本出すって儲《もう》かるんだー」となにからツッコめばいいかわからないことを平気で言った人だから。

「棚香さん、気分転換に糖分でもとりませんか？　私も食べるので、よければ一緒に」

甘いものが大好きというほどではないけど、打ち合わせのときだけそういう体裁でいることにしている。演じるというほどでもなく、傍点を打つように強調を試みる。そのほうが相手も好きなものを頼みやすい。お腹いっぱい食べてほしい的な親心ではなく、おいしそう、なんにします？　とメニューを見ながら相談するのはアイドリングトークにちょうどいいのだ。けっきょく私が期間限定のマンゴーパンケーキを、棚香さんはコーヒーより少し高価なトロピカルドリンクを注文した。

「すみません。お忙しい中来ていただいて」

「いえいえ。私も棚香さんと話すのが楽しいので、気にしないでください」

棚香さんは、私が文芸誌の編集部で初年に担当した小説家だ。うちの会社の新人賞では最終候補作が五本まで絞られると、その作品を推薦した編集者が書き手に連絡をとり、受賞が決まったら正式に担当につく。二次選考で最初に読んだときからずっと彼の作品を推していた私は、デビュー作の単行本化まで担当し、二作目の相談中に異動が決まった。

棚香さんからメールが来たのは、後任への引き継ぎからたった三ヶ月後だ。直接悩みを書いているわけではなかったけど、文面から匂うものがあり、すぐ「久しぶりに食事でもどうですか」と返信した。以来、たまにお茶を飲んだりランチを食べたりする。私より五歳上で、低い声や恵まれた体格といった男性的な特徴を多く持っているにもかかわらず、この人が私に威圧感や気後れを与えてきたことは一度もない。年齢差も性差も感じさせない棚香さんと話していると、声高に「多様性！　常識に囚《とら》われない！」とぶちあげる次世代のほうがよほど保守的に思える。

「どうですか、野村さん。お仕事の調子は」

「うーん、ようやく慣れてきたところです」

「よかった。以前お話ししたときは、ちょっと無理をしていそうに見えたので」

「え、そうですか？」

「勘違いならすみません。どこがというわけではありませんが、なんとなく、うっすらと具合が悪いような」

「あ、そうかも。それまでご一緒してきた作家さんたちと、新しく会う方たちが違う人種すぎて。カルチャーショックというか、時差ボケみたいでした」

　この部署はとにかく質より量が大事だから、一年で大勢のインフルエンサーと対面した。彼らはたいてい「凡人の理解が追いつかない新しい存在」として振る舞いたがるけど、そのためのリソースが薄いから破天荒ぶった言動にも既視感が出る。そもそも「破天荒に見せたい」という動機自体が薄いからしかたない。話していて楽しい人もまあいたけど、そういうタイプも「えっ、自分おもしろいんですか？　ありのまま生きていたらこうなったので……」の自己演出に終始していて、他者に訴えかけるようなメッセージ性に乏しい。

　嫌なことは少なかったけど、つまんねー、とは思っていた。そして「つまんねー」ものを体裁よく送り出すために骨身を削る日々は、私の編集者、というより本を愛する者としてのちっぽけな矜持《きょうじ》をしけらせるに余りあった。わかりやすく折ってくれればまだいい。水に濡《ぬ》れた某アンパンのヒーローみたいに、へしょへしょになって力が出なくなるのだ。

「前会ったときでしたっけ。野村さんが、はしゆりの本を担当するって教えてくれたの」

「だと思います。年末の番組に炙り杏仁が出ていた話の流れだった気がするので」

「その後どうですか？　あ、こういう話を聞きたがるのって下世話かな……」

　いつも以上に遠慮した物言いは、棚香さんがお笑い好きではしゆりのことも知っていたからだろう。知っているからこそ逆に詮索《せんさく》できない。遠慮されているはしゆり自身には、一ミリも存在しないだろう思考回路だ。

もともとよくいる「雑談系」とされるひとりしゃべりの配信者だったはしゆりが注目を集めたきっかけは、人気お笑いコンビ「炙り杏仁」のツッコミというか「じゃないほう」担当、田丸孝子《たまるたかこ》とかつてコンビを組んでいたという異色の経歴だった。当初、はしゆりは相方を探すためにひとりで芸人養成所に入ったがだれも組んでくれず、しかたなく小学校の同級生だった田丸孝子を誘ったそうだ。ただ、べつに田丸がおもしろかったからではなく「大阪からの転校生で関西弁だったから、一緒にいれば芸人っぽく見えると思った」というのがはしゆりらしい。もちろんそんな調子だからパッとしないまま解散して、田丸はその後、現在の相方であるヨッシー☆と炙り杏仁を結成しブレイクを果たした。

迷惑系スレスレの奔放な日常を配信する中でその過去を突き止められたはしゆりは、当時の田丸の恋愛事情やヨッシー☆が養成所の講師と揉めたことなどを訊かれるがまま暴露し、お笑いファンから「恥知らず」とバッシングを受けた。ただ、結果的にそれでフォロワーが増え、私も彼女に目を留めたのだからなにが転機になるかわからない。養成所に通わずデビューして「永遠の素人」と侮られがちなポンコツキャラの田丸孝子まで、勝手に「昔ははしゆりでいまはヨッシー☆って、猛獣使いじゃん」と少し株を上げたらしい。

「棚香さんが単独ライブにも行くほど炙り杏仁がお好きと聞いたときは、もう一緒にお茶できなくなるかもって怯《おび》えてたんです。はしゆりの本を出すなんて、怒られるかなって」

「そんなことないですよ。ネタが好きなだけで私生活に興味はないし……言いにくいんですが、最近の炙り杏仁は個人的にピンと来なくて。売れる前のほうがおもしろかったなんて、評論家気取りで嫌ですけど」

初期のほうがよかったという意見に苦しめられるのは作家も同じだ。SNSの無責任な声と、棚香さんが言うのとでは重みが違う。

「なんだろう……人を笑わせたいというホスピタリティより、作り手の自己顕示欲を強く感じるんです。着眼点や言語感覚は相変わらず鋭いんですが、だからこそ、なんだったんだ？　という虚《むな》しさが残る気がして。僕だけかもしれませんが」

「いや、めちゃくちゃわかります！」

立場も忘れ、前のめりに叫んでしまった。

「棚香さん、ヨッシー☆の本読みました？」

「すみません、僕はまだ」

「私ははしゆりさんとの話のヒントになるかなって読んだんですけど、読まなくていいと思います。たしかにうまいけど私は正直、絶賛されるほどか？　って……棚香さんの言葉でわかりました。なにを伝えたいかより『私のセンスさすがでしょ』っていう自我が前に出ているのが息苦しかったんですね、きっと。やっと納得したー、こんなふうに感じるの私だけかと思いました！」

ひとりでまくしたててひとりで息をつく私を、棚香さんは穏やかに見守っていた。

「はしゆりさんってたしかに奇抜だけど、すっごい素直というか、正直なんです。ずっと一緒に仕事してきても、キャラ作ってるんだなと思ったことが一度もなくて」

「すごいですね。表に出る職業なら、少しは格好をつけてしまいそうなのに」

「そう。本当に衝動のまま生きてるんです。たいていの人は既存の素材を切り貼りして、全部が借り物なのに自己表現だって満足しちゃうんですけど、彼女の言葉には、どんなに描くても彼女自身のエッセンスが滲んでる。自分をまっすぐ届けることに抵抗がないんです。意外とそれができる人、少ないなって」

はしゆりは炙り杏仁の件で炎上後「もう芸人時代の話はしない」と宣言したが、理由を「こっちも同じくらい人気ないとただのエピソードを負け犬の遠吠《とおぼ》えと勝手に思われるから、もっとおもろい話はあたしが有名になってからにする！」と説明し、全然反省してねえなと火に油を注いだ。問題の本質をわかっていない的外れな発言を、ただ、なにを語ろうが「私（俺）を見て」という自意識が裏に透ける薄っぺらな言葉ばかり浴びていた当時の私は、妙に「おもろい」と感じたのだ。

「やっぱり野村さんはさすがだな。僕なら、一度炎上した相手をそこまでフラットに見てあげられないかもしれないです。野村さんが担当で、はしゆりも心強いでしょうね」

それは棚香さんが相手だからですよ、と私は内心で答えた。体内に渦巻く違和感だらけの世界へのとめどない疑問が、棚香さんと話しているといったん息をひそめてくれる。彼という理解者から穏やかで理知的な言葉で肯定されることで、正体不明の化け物にしか思えなかったそれが、しつけられた犬程度には落ち着いてくれる。はしゆりといると乱れてしまうペースも取り戻せる。

後任とほぼ面識がないのをいいことに折に触れて棚香さんを誘い出すのは、次回作の執筆や現担当との関係に悩んでいるらしい彼の息抜きになりたい気持ちもたしかにある。ただ同時に、私も自分を取り戻したかった。積極的に気分転換をしようにも、いまは時間があればSNSに潜っているし、暇になったとしてもなかなか腰が上がらない。かつて担当した作家のためでもあると思えばこそ、濡れたへしょ顔アンパンマンにも少しは気力が湧くのだ。百倍とはいかないまでも。

「なにか、おもしろそうな本ありました?」

書店の袋に目配せすると、ああ、と棚香さんがうなずいてそれを引き寄せた。

最初に取り出された一冊を見て、微妙に口元が引きつる。鳥の巣のような頭で反社会性を誇示しているらしい男性が、腕を組んでななめからこちらを睥睨《へいげい》する白黒写真の書影。帯には「見方を変えないと、なにをしても無駄!」という挑戦的な売り文句。若い世代の喧嘩腰はまだ自己防衛という理解の余地も含まれるけど、ある程度地位を得たはずのおじさんのそれには弁明しようのない純粋な暴力性がある。

「重盛源《しげもりげん》とか、棚香さんも読むんですね」

「著作は初めてです。たまにはいいかと」

正式な肩書は不明だけどおそらく文化人枠のタレントらしい重盛源は、一時期あらゆる番組に「なんか理屈っぽいおじさん」として「ゲンじい」の愛称で顔を出していた。とくに出版業界では、名作文学を現代風に要約する「ゲンじい語訳」が本離れの防止に貢献したとされている。昔はどうも思わず「また出てるな」と眺めていたけど、成長して自分で彼が扱ってきた作品を読むにつれ、ディテールをふるい落とし、二、三の名言とスキャンダラスな逸話を引きずり出して「うだうだ言ってるけどこういうもんだから！」と差し出すような手癖が無理になった。その「うだうだ」にこそ作者の血が滲むようなエッセンスが詰まっているのに、砂のお城を「再構築」と泥団子にするような行為だと思った。

「テレビで見ているときは『ゲンじい』なんて気軽に呼んでたけど、あのころじつはまだ四十代とかだったんですよね。そう考えると当時からブレないというか、ずっとやりたいことが明確ですごいなって」

好きな相手が、自分のたいして好きでないものを「好き」と言い出すと反応に困る。棚香さんそうとう滅入《めい》っているというか、迷っているのかな、と心配になりながらも、私はいったんパンケーキを食べることに専念した。その後も話は途切れなかったし、こちらからもいくつか質問を投げかけてはみたけど、今回も棚香さんはけっきょく、自分の執筆を「はかどらなく」させる悩みの本質に触れなかった。

スマホが仕事に直結していると、公私の区別はどこまでも薄くなる。時間が無限に食われるのに達成感はなくて、知らないあいだに驚くほど疲弊している。だからお風呂を出たらSNSは見ないと決めているけど、あと少し、キリのいいところまで、と思っていると、よくお湯の抜け殻みたいなぬるい水の中で全身がぶよぶよになっている。

ふやけた手で握るスマホから流れているのは、サンダーボルトの公式チャンネルにアップされたリリーのナイトルーティン動画だ。投稿自体は少し前だけど、SNSで何枚かのスクショが「この子のことは知らないけど、こういうタイプはしれっと人の男を略奪するので全女子が警戒すべき」と拡散されてファン以外からも話題にされたらしい。

切り抜きで判断するのは早いと思って実際に再生すると、ただしまず映るのは顔ではなく、面台にカメラをセットするシーンから始まっていた。ただしまず映るのは顔ではなく、揺揺れるカメラを押さえようと前屈みで身を乗り出す彼女の上半身、とくに胸元のアップだ。カメラが揺れて悲鳴とともに暗転したかと思うと急にアングルが変わり、洗面所に立ったリリーがこちらに手を振っている。ゆびてるあんにょーん、と呼びかける何事もなかったような顔を見て、最初のシーンいる？　と思ってしまうのも無理はない。

まず、私は入浴前にこうしてメイクを落とします。恥ずかしいからあまり見ないでくださいね。入浴剤はエプソムソルトが定番。バスローブはかならず用意します、タオルで肌をこすらなくてもすぐ乾いて気持ちいいからです。さて、それではお風呂に行ってきます……日本語の字幕はですます調だけど、語尾の伸ばし方や高めの声にはどこか、初対面の異性とわざとタメ口で距離を縮める女子っぽさがある気がする。あざとさって万国共通なんだなと感心した。リリーがカメラを手で覆うとそのはずみでレンズが下に傾き、着ていたバスローブが床に落ちる様子が一瞬映る。そこでカットが入り、バスタブの縁にかかった赤く塗られた足の爪が数秒映った後、同じ洗面所に濡れた髪のリリーが現れる。

思わず一時停止して、はからずも似た角度で壁に預けた自分の足を見た。手と同じくらいふやけたそれは爪まで裸のままの色で、右の親指は内出血で少し黒ずんでいる。その親指を這《は》わせて壁際の追い焚《だ》きボタンを押しながら、画面の中で髪をかきあげたまま止まっているリリーに内心で問いかけた。見ないでほしいと言うわりにまつエクも眉毛アートも完璧《かんぺき》だけど、具体的にどこを恥じているの？　この動画のためにわざわざ艶《なま》めかしい赤のネイルを塗ったの？　はだけそうなバスローブを入浴前から着る意味があった？　いや、そもそも入浴後のこのシーンからカメラを回せばよかったのでは？

『ヘアオイルはホワイトリリーです。名前がリリーだからではなく、昔から百合は好き。ルームフレグランスも百合の香りです』

また動きだした画面の中で、そんな字幕とともにリリーが白い小瓶を掲げてみせた。

彼女の性格を最初に世間に印象付けたのは、デビューしてまもなく出演したバラエティ番組でのインタビューだ。サンダーボルトはメンバーが自分で芸名を考えたらしく、それぞれが由来にまつわる祈りや思い入れを真面目に語る中、リリーの答えは「幼稚園のお遊戯会でタイガー・リリー役をやったから」だった。

——他の女の子はみんなウェンディかティンカー・ベルをやりたがったけど、私はタイガー・リリーがよかった。それを思い出したんです。理由ですか？　単に好きだったから。なぜ好きか？　そこまで理由が必要ですか？

彼女は真顔でそう言い放ってインタビュアーを困惑させ、他のメンバーに「この子マイペースなんです」「直感型だから」とフォローされたそうだ。天然でかわいい、この気負わなさがリリーの魅力、と彼女のファンには絶賛されるエピソードらしいけど、気分で決めることがそんなに「かわいい」なら、大事な芸名だからとがんばって考えてきた他のメンバーがまるで引き立て役みたいだ。

なんだ。百合、昔から好きなんじゃん。

名前の由来くらい、そこに絡めていくらでもそれっぽい理由を思いつけそうなのに。叩かれるのが怖くなかったの？　それとも、そうしないことでだれかになにかしらのアピールができるの？　だとしたら私には、やっぱり、わかんない。

ナイトルーティン動画の実物を見てからSNSであらためて感想を検索すると、いまだに議論を呼んでいるみたいだった。いやらしい目で見るほうが悪い、リリーは無邪気な子なのに視聴者が歪《ゆが》んでいると擁護するファンは少し無理があると思う一方、アイドルのくせに下品、実力ないからってエロに走って必死といった悪しざまなアンチには鼻白んでしまう。中には「サンダーボルトは自立した強い女性のコンセプトが売りだから、安易に男に媚《こ》びる子がいるとブレるしグループの格が落ちる」「未成年のメンバーもいるのに性的なアピールがファンサービスと錯覚させるのは純粋に心配」といった冷静な意見も紛れているけど、そういう納得できるコメントへの賛同は微々たるものだった。

スマホの画面上方から、ぴょっと予定の十分前を告げる通知が飛び出てきた。

思ったよりも長風呂していたらしい。急いで立ち上がるとだばっとぬるま湯が肌からこぼれ落ちて、自分が真空パックのサラダチキンになったような気がした。あれ開けるときテンション下がるんだよな、ゴムみたいな食感だし。バリエーションがやたら豊富なのも逆に「そこまでしないと食べるモチベーションが湧かないんだ……」とわびしくなる。

これって私だけなのかな？　少なくともリリーなら、お風呂上がりの自分の裸体をサラダチキンだなんてきっと思わないんだろう。

髪をざっと乾かし、バスローブはないのでスウェットに着替えて部屋に戻った。いつもはすぐに寝転がるけど、今日はベッドにもたれて床に三角座りしながらＹｏｕＴｕｂｅで「はしゆり。ちゃんねるっ！」にアクセスする。生配信の画面を表示して待っていると、アプリの仕様で表示されるカウントダウンの後、しばらく真顔で映っていたピンクの髪のはしゆりが『あ~始まったぁ？　見えてたらコメントくださーい』と視線を落とした。カメラで撮影しながら手元に置いたスマホで反応を確認する、いつもの彼女のスタイルだ。

『あ、コメント来た。音も大丈夫？　そっか。こんちゃー、金曜の夜にありがとねー』

こんちゃー、は「こんにちは」らしい。崩しすぎだし夜なら「こんばんは」だ。べつに決め台詞《ぜりふ》ではなく、動画でも冒頭に「はしゆりでーす」と名乗るときもあれば挨拶《あいさつ》抜きで本題に入るときもある。最初は「自然体の私」というポーズかと思ったが、いまは単に、目の前のカメラが全世界につながっているという意識が普通にない人なのだと知った。

『やっぱ髪色の反響多いね。えっ画面越しに見るとヤバ、実際はもっといい色だよ。さてさっそくだけどお知らせすんね、もったいぶるのもダサいし』

あれ、と思った。こういう生配信のとき、はしゆりはだいたい十分か十五分は視聴者のコメントを拾いながら「人が集まるまで待つわー」とダラダラしていたはずだ。

この配信で、彼女の初書籍『はしゆり。くろにくるっ！』の情報が正式に解禁される。見ます、とLINEしたら『ぶちかまします！』と謎のクマのキャラクターが自分のおしりを叩きつづけるスタンプが返ってきて、私の『出版中止にならない程度にしてください』というお願いには、なぜか同じキャラが腹を抱えて爆笑するスタンプが送られてきた。

あのときは不安だったけど、いつもと違う様子からして彼女なりにこの本に思い入れは持っているらしい。たしかに、自分名義の本が出るなんてだれでもできる経験じゃない。

私も夢見ていた時期がある。書店や図書館が熾烈《しれつ》な陣取り合戦の場とも知らず、すべての知を詰め込んだ宇宙のように感じていた子供のころの話だ。

『はしゆり、本出します！　この配信終わったら予約開始です。予約多いといっぱい出せるみたいなんでよろー。ただ、できれば本屋さんで頼んだほうがいいんだって』

一気に言い終えると、はしゆりは『質問ある？』とカメラにつむじを見せてコメントを拾い出した。私もひとまずほっとして、あとは流し見でいいか、と伸びをする。

『「髪染めたの本のため？」……どうだろ、んふ。表紙まだだから教えなーい。あー「本屋行くのめんどい」「やり方わかんない」……レジで頼めばいいんじゃね？　まあ無理せずで、読んでくれりゃなんでもいいんで私は。出版社のヒトが言えって言ってただけ。内容はー半生ってかヒストリー的な？　写真もいっぱいあるんで期待しててね、超盛れてる。あー……「わざわざ店行かせるとか古くね？」「出版社ってお役所仕事だな」……でかい会社だと付き合いとか大変なんじゃね、うちらクリエイターみたいな一匹狼《いっぴきおおかみ》と違って』

なぜ書店での予約が望ましいか、いちおう私なりに説明はしたはずだ。いろいろと引っかかりはあるけど、普段の言動からすれば忘れなかっただけ御の字と思うことにする。

『「表紙出てないから理由言えないって答えでは」おい思ったこと脳直で言う奴モテねーぞ！「反省ってなにしたん？」反省じゃねーし半生だし。半分の人生、まだ死んでないから人生語るの早いんで半生らしい。「恋バナある？」あるあるー、ＮＧないのがはしゆりイズムだかんね。あー……「芸人時代のことはさすがにNGかな」……だからNGないってば。話してるよ、もちろん。全部。隠さず、正直に。ありのままにね』

いつのまにか、自分の脳を低速モードに切り替えていたらしい。妙に強調するなあ、と訝《いぶか》る一瞬の暇もなかった。

『あたしはあくまでフィクション、文学という名の芸術ですってテイでこそ憂さ晴らしまくるどっかの作家大先生と違うんで』

コメントの流れが止まった。

それから目に見えて速くなった。いちいち拾うこともできないが、大半が「ヨッシー?」「ヨッシーだ」とだけ入力しているらしい。単に「すぐ真実に気づく鋭い私」の座を争っているのか、発信する価値が自分の言葉にあるか疑う回路がないのか。ただ、中にはちらほら正式表記の「ヨッシー☆」と書く人が散見され、律儀さに場違いな笑いが漏れた。

『おい、見てっか三好直子《みよしなおこ》。つかなんだ「ヨッシー☆」って。本名でケンカ売る勇気もねえのにセンス系気取んなよ。たまたま見た目イジりダサい的な流れに乗れただけでおめーのデブスはただの怠惰だし、実力ないくせにプライドエベレスト級だから体型ネタで笑い取る技術も覚悟もなかっただけだろうが。そんな奴が小説書いて生きづらい人間の多様性どーこー言ってんのウケる、おまえのネタよりおもろいんじゃね?』

突き飛ばされるように体が動いた。長らく放置している本棚を漁《あさ》り、ヨッシー☆の短編集をその場で開く。読んだと棚香さんには言ったけど、実際は義務感で最後まで目を通しただけだ。ページを開き、なんとか記憶を探る。

本の最後の一編は、主人公が処女の友達に「運命の相手かもしれない人と出会ったが、恋愛経験がないのでわからない。これが真実の愛か見極めてくれ」と男性を紹介される話だった。彼女はその男を気に入り、友達を出し抜き逢瀬《おうせ》を重ねるうちに恋に落ちて友情は破綻《はたん》する。筋書きこそ昼ドラ的で「モテない女の妄想」と見当違いに冷笑する読者もいたが、本質は男女の機微ではなく、わざと波風を起こして登場人物の「本性」をグロテスクに誇張する描写だ。たしかにひどい内容のわりに笑えたが、それは人の弱さを認めたりいとおしんだりするものではなく、滑稽な拷問を受ける奴隷を見下す貴族の笑いだった。とりわけ想い人を奪われる「寝取られ」役は、一概に同情できないヒステリックな女性として描かれ、かなり容赦なく道化にされている。

『何年も前のことねちねち恨みつづけて、直接言えないからってこっそり作品にして陰でバカにするとかおまえらしいわ、昔から性根腐ってたもんな。それも性別変えたり場所変えたり半端な小細工しやがって、手口が汚えんだよ。いまだにあたしがムカつくなら実名で堂々とかかってこいや、こっちはいつでもタイマン張ってやんよ』

大学時代に主人公と出会って以来、親友を自称しつつほぼ寄生するように利用しながら、男（交際もセックスもしていない、一方的に疑似恋愛の相手にしていただけの男）を奪われたとみるやエキセントリックな嫌がらせを繰り返す女のモデルがはしゅりではないかと噂《うわさ》されたのは、強烈な人物造形がかなりの精度で彼女を連想させたからだ。その好意の示し方が傍《はた》迷惑すぎて、主人公の「友達の好きな男を陰で奪う」という悪行もさりげなく正当化されている。奪い合われるほど魅力的とは思えないその男にしても、凡庸さ、話のつまらなさ、誘われたら簡単になびいてかつ悪びれない軽薄さは、性別こそ違えど「永遠の素人」田丸孝子を彷彿《ほうふつ》とさせる。これだけ材料が揃えば、彼らを冷たく観察する主人公をヨッシー☆と重ねないほうが難しい。

私自身、はしゅりの話を受けて、この小説に事実に近い部分もあるのは知っていた。だが、それすら忘れていた。一方的にだれかを悪役に仕立てる手法は告発にしてはアンフェアすぎて、まともな人間なら真に受けない。ヨッシー☆ならこういう形であざとく話題作りもするだろう、と思った。

そう、まともな人間なら真に受けない。その程度のことだと侮っていた。

『嘘ばっか書きやがって。それともあたしがバカだからブンガクってテイにすりゃあバレないとでも思った？　ナメんじゃねーよ、数字稼げねえマイナーな業界に逃げ込んで好き勝手やりやがって。言っとくけどあたしの本嫌いはおめーのせいだから。養成所時代さんざんコケにしてくれたじゃん「言葉を知らなすぎて目の前の相手ともまともに話せないくせに人の心を動かせるわけがない」だっけ？　言葉知ってりゃえらいんかよパクリ元いっぱいあるだけでおまえはえらくねえよイキんなコラ！』

私は、ヨッシー☆の本のことをはしゆりになにも伝えていない。もしかしたら彼女も実際に読んだわけではないのかもしれない。直接確かめもせず、噂だけでこんなに激昂《げっこう》するなんて普通は信じがたい。批判するなら対象をよく知るためにむしろ読み込まなくてはいけない。でもそんなの、あくまで「こちら側」のルールの中にいるから培われた常識だ。

『小説なんてだれも読まねえから自由にできるだけのくせにお高く止まってんじゃねーよ。あたしはこうやって世界に顔も名前も出して全部ぶちまけてんだ、フィクションってテイにしねーと言いたいことも言えない卑怯者《ひきょうもの》とは覚悟が違うんだよ！　みんな、あたしの本読んだら真実が書いてある。読めばどっちが正しいかわかる。立ち読みでいいから！』

たしかに今回の書籍には芸人時代の話も載っている。だが、こんなふうに下衆《げす》な好奇心を煽《あお》るほどどぎつい話ではない。はしゆりのぶっ飛んだ言動を気持ち程度のスパイスにした、よくある芸人の解散エピソードだ。ライターも私も校正校閲も確認に入っているし、そもそも「とっておきのネタ」と聞かされた時点で噂に聞いた話の二番煎《せん》じだった。拙い語り口はむしろ主観が入る隙に乏しく、フラットな印象さえ受けたほどだ。

もちろん、それでよかった。私はとっくに旬が過ぎた炙り杏仁との揉め事なんかより、彼女がどんな言葉でそれを語り、そこからどういう人となりが浮き彫りになるのか、はしゆりという素材の魅力そのものを読者に伝えたかった。その努力をいま、本人が「私怨《しえん》で書いた暴露本」というレッテルを貼ることでぶち壊しにかかっている。言われるのはいい。でも、自分で言ってはいけない。

『最初はわかる人だけわかってくれればいいと思って、だから本にしたの。動画にすりゃバズるけど奴らの話するといろいろめんどいし、あたしはあたしでファンも増えたし過去にはケジメつけようって。でも相手がその気ならこっちもやってやるわ、有料のマイナーコンテンツに隠れて陰口叩いて終わりなんてあたしらしくない、なに言っても負け犬の遠吠えって潰《つぶ》されないためにこれまでいろいろ我慢してきたんだからあ‼』

やっと低速モードだった頭が正常化した。スマホの中で罵倒《ばとう》を垂れ流すはしゆりの頭上から、ぴょんぴょんといくつものポップアップが飛び出してくる。全部メールやＬＩＮＥの通知だが、もう終わりにしたいのに下ろさせてもらえない幕のように見える。そう思ってから、現実逃避の発想に笑いが漏れた。いま終わらせたところでどうせ手遅れだ。

動画を閉じ、ＬＩＮＥではしゆり宛てに通話ボタンを押すが彼女は出ない。配信中ずっとちらちら確認していたスマホに、いままさに私の名前が通知されているはずなのに。それともこのこともいま話しているのだろうか？　あっ着信来た、出版社のヒトだ。さすがに怒られるんかな、まあいいけど。しゃべりすぎって？　言われて困ることやらなきゃいいじゃん！　あたしには後ろめたいことなんかないんだから……。

『重盛源（@gen_s_drop）
さるインフルエンサーの本に対する暴言は、ＳＮＳ世代の文学的素養の貧困が想像力の欠如と人間性の衰退を生み出すことを浮き彫りにした。近々みずからも本を出すそうだが、かような痩《や》せた感性でなにを語るのか。そして、文学の砦《とりで》たるべき出版社の誇りはどこへ行ったのか。目先の利益に溺《おぼ》れて愚にもつかぬ書籍の出版を打診した担当の編集者には、文学への冒瀆《ぼうとく》に加担した罪を深く恥じてもらいたい。
若者よ、スマホを捨てよ、街に出よう。』

重盛はＳＮＳアカウント開設当初こそ「ゲンじい」として牧歌的なキャラを保っていたが、フォロワーが伸びないことに業を煮やしたのか、いまでは折に触れて時事問題に苦言を呈するようになった。それはおおむね「おっさんのかまちょ」「イキリ老害」とネットのおもちゃにされている。たしかにはしゆりの配信から一日半後に投稿されたそれは、リアルタイムで波に乗れない時差も、ＳＮＳ世代と侮蔑《ぶべつ》しつつそのＳＮＳに長文を綴《つづ》る矛盾も、いまさらだれもしない寺山修司《てらやましゅうじ》のパロディも、それで「文学的素養」が示せるという勘違いも、恥ずかしいほどダサかった。テレビで顔を見なくなったのもうなずける。
案の定、重盛の名前を検索すると、この発言への反論でたちまちタイムラインが埋まった。ほとんどが極端な罵倒だったけど、いちばん拡散されていたのは『ひとり炎上しただけでSNS世代とか文学への冒瀆とか主語拡大すんなよ、とにかく若者にダメ出ししたいだけだろ』というしごくもっともな意見だ。他にも『はしゆりの本出す会社から自分も本出してるのに、よく「こんな低俗な出版社知りません」みたいな顔で文句言えるな。たぶんおまえの本よりよっぽど売れるぞ』という投稿を読んで、とっさに「いいね」と同意しそうになる親指をどうにか止めた。目にするだけで良心が咎《とが》める侮辱や今回の発言と無関係な単なる誹謗《ひぼう》中傷に、いくばくかは的確な指摘がまざっている。それを拾って目を通すうちに興奮も落ち着いてきて、その夜は意外とすぐ眠りに落ちた。

次に起きたときには、世界が一変していた。

最初に気がついたのは、SNSで「文学への冒瀆」や「人間性の衰退」がトレンドワードにランクインしていることだった。重盛の投稿は本好きを自称する人々に引用されて、読書がいかに「人間的素養」を培うか、それをしない人間がいかに「貧困」か、主張する助けにされていた。その波に乗ったのは名もなきネットユーザーだけじゃなく、書店員、作家、学者、そして編集者といった、オンラインでも実名を出して「ここに投稿するのは責任を持って発信するメッセージです」と言外に主張している人も多かった。言葉に慎重な彼らの中には「発言すべてに同意はしませんが」「これは極論だけど」なんて前置きで「あの人より冷静です」と体裁を保とうとする人もいたけど、少なくとも「一担当編集者に文学を冒瀆できる権限はないのでは?」などとツッコミを入れる人はだれもいなかった。

昨夜は優勢だった重盛への「老害」や「イキリ」といった蔑称は、彼の言葉への支持者が数を伴ったことでそれこそ「文学的素養の貧しいSNS世代の負け惜しみ」に様変わりした。打って変わった様子のタイムラインがざらざらと画面を滑り落ちていく中で、砂粒にまざった石のように、ばたんっ、と質量を持って私の心に着地したものがあった。長文の投稿自体は珍しくないけど、やみくもに書き捨てたにしては知性と理性を感じる。根拠はない。紙でもSNSでも大量に文章を読む中で培われた、ただの勘だ。

『自分はしがない小説家です。ずっと昔に、◎◎社の新人賞からデビューしました。私がご一緒していたころは数字に直結しなくとも、社会にささやかでも一石を投じたいという覚悟を持った書き手を尊重し、ともに戦ってくれる編集者ばかりだったと記憶しています。インフルエンサー専門の部署ができて以来、そういう矜持のある人が減り、文学への情熱が褪《あ》せていくのを感じていました。今回の件でも動いてくれる様子はなく、ああやっぱり、というのが本音です。

部数が伸びず、お声がかからなくなって久しいですが、そうでなくとも私からまたご一緒したいと思うことはありません。◎◎社の新人賞に応募される作家志望の皆様も、そういう会社だと知った上で付き合い方を検討なさったほうがよいでしょう。』

読んでから、投稿者の名前に気がついた。ずっと昔と本人が言うとおり、この作家が新人賞を獲ったとき私は入社前だったけど、選考に参加するにあたって過去の受賞作は勉強のために全部読んだ。そこまでしたの野村さんだけだよ、と驚く上司に感想を求められ、おもしろいと思った書き手の名前を何人か挙げた中に、このペンネームも入っていた。

ばたんっ、とまた、心に石が落ちる。

わかっていた。

重盛の発言も、本当は、全然、わかんなくなかった。

はしゆりの担当じゃなくてただの本好きなら、私だって、大切なものを軽率に侮辱する愚かなインフルエンサーがきっと許せなかった。騒ぎに便乗して重盛の投稿を拡散したかもしれない。いや、やっぱりそこまでする勇気はない。ただ、ここまで言う必要ないけどこう思うの私だけじゃないんだ、よかったー、なんて安全圏でこっそり安心するだけ。

ベッドから、わざと勢いをつけて転がり落ちる。脳内で世界が二転三転するあいだ、私の体は指先以外まったく動いていなかった。時計はアラームで覚醒《かくせい》してから一時間進んでいる。SNSに費やすには長いが、自分を信じられなくなるには短い。

ふらふらと洗面所に向かう。SNSは閉じて、代わりにリリーのナイトルーティンを流した。毒にも薬にもなんにもならない、そういうものを浴びないと、多すぎる言葉とさらに多すぎる感情に押し潰されそうだった。あんにょーん、という甘い声を聞きつつ昨夜確認しておいた予定を思い返し、書店に行く空き時間がないか探す。気軽に立ち寄れて、でも知り合いの書店員がいない場所がいい。

はやく、ノイズを洗い流したい。文芸書の書架の前で正しく呼吸をしたい。あそこは私の聖域だ。たとえ世界中が悪意をぶつけるための借り物の言葉に溢れても、あの場所だけは静か。文字に溢れていても、だからこそ、ずっと静か。

彼らは私を攻撃しない。なにも押しつけない。ただ、豊かな世界が外にあることだけを提示してくれる。


足が向いたのは、スウェットで行くことにも抵抗がない近所の複合施設だった。

一階は大きなスーパーと百円ショップでほぼ二分されていて、二階には飲食店、コンビニ、スマホショップなんかが入っている。ただ、書店だけはその並びではなく一階にあった。二階の店舗が小規模な独立国のようにおのおの胸を張っているとすれば、書店は帝国のごとく幅を利かせるスーパーの奥、リカーコーナーのさらに向こうに、併合される直前の敗戦国さながら狭い通路でつながれていた。

最後にここに来たのは、棚香さんのデビュー作が単行本化された直後だ。新刊コーナーにも作家別の書架にも彼の名前は見つからず、すぐに駅前の大きな書店に移動した。そちらで無事見つけた平積みの表紙を書店員さんに頼んで撮影させてもらい、前日から緊張していた棚香さんにＬＩＮＥで送った。以来、本は後者の書店で買っている。

久しぶりだから、どの棚にどんな本があるか思い出せない。店頭から見ると中はだいたい縦に三分割されている。右手側にあるレジを挟むように両翼に広がるのは、文房具と絵本のコーナー。中央が雑誌と漫画、残った左側には、単行本、文庫、実用書、レシピ本なんかを押し込めた背の高い書架が狭い間隔で立ち並んでいる。気が滅入るレイアウトだと前は思ったけど、いまはその無遠慮に平等な手つきに安堵《あんど》すら感じている。

まず、雑誌のコーナーを巡る。とにかく紙の活字に触れたくて、いつもは縁遠いファッション誌の見出しにじっくりと目を通す。横にいた女性がバッグからペットボトルの水を取り出して飲みはじめる。マナー違反を犯す人特有の後ろ暗さのない、あっけらかんとした動作だった。男性誌のコーナーは「実用誌」と地続きで、まるで女性向けの雑誌は非実用的だと言わんばかりだ。男性ファッション誌は女性誌と違いごく一部で、あとはいわゆる「男の趣味」のコーナーらしい。グルメガイド、カメラ、バイク、車、文芸。

頭で引っかかりを覚える前に、足は止まっていた。

向こう側の棚に目をやると、おぼろげな記憶どおり、テレビ雑誌と旅行雑誌が大半を占めている。並びにテレビで講座を放送している語学学習のコーナーがあり、てっきり文芸のエリアはそのあたりにあると思っていた。勘違いか、場所を移したのかはわからない。手前に視線を戻し、表紙に好きな作家の名前があった文芸誌を一冊取って、開いてみた。

目次を眺める。上段に作品名、下段に作者とページ数、その脇に簡単なあらすじ。読み切りの作品には原稿用紙換算した枚数もカッコ書きされている。四百字詰めの原稿用紙で執筆する作家なんてもう絶滅危惧《きぐ》種なのに。不便だと思いつつ、不器用な実直さのあらわれのようで嫌いではなかったその風習が、今日は妙に押しつけがましく感じる。自分たちは、作家が原稿用紙に鉛筆で作品を書いていたときからここにいる。社会や時代などという軽薄なものには流されない。妨げる者は許さない。理解しない者は認めない。疑問を抱く者は、受け入れない。ただちにこの場を立ち去るがいい。

気がつけば雑誌を棚に戻していた。

勝手に始まった妄想に従ったわけじゃない。ただ、そんな妄想が自由に垂れ流されてしまうほど、目次を読む頭はからっぽのままだった。目はたしかに活字を追っているのに、大御所が新境地を切り開く渾身の書き下ろしを寄稿していること、期待の新人が稀有《けう》なエネルギーを迸《ほとばし》らせていること、長年続いた連載がついに衝撃のフィナーレを迎えたことなんかが文字では入ってくるのに、私はまったく心を動かされることなくぼんやりそれを眺めていた。自宅の天井にすら、もっと感情が湧くと思う。

なにも入ってこない。なにを言っているのかもわからない。疲れてしまう。壊れてしまう。なにもかんがえたくない。そんなに怒らないで。なんにでも疑問を呈してこっちの心を乱暴に揺さぶらないで。軽率に矛盾に気づいて鼻先に突きつけないで。あなたたち怖いよ。世界の片隅でひっそりやっています、だれでも静かに受け入れます、なんて、大嘘だ。

はしゆりに会いたい。

当たり前のようにそう思ったことに、不思議と驚きはなかった。慰めたいわけでも慰められたいわけでもない。ただ、私が信じてきた神を侮辱したこと、私の世界を壊そうとしているいることを罵《ののし》りたい。言葉は通じないから張り倒したい。抵抗してきたら殴り合いだ。彼女の台詞を借りるなら「タイマン張ってやる」。

はしゆりを人として好きになれたことなんかない。素直とかまっすぐとか、棚香さんにもっともらしく説明した美徳だって、実のところ自分に言い聞かせていただけのような気がする。正当化しないと彼女に尽くす自分がやりきれなかっただけ。嘘つきだろうがひねくれていようが魅力的な人はいる。イノセントであるほうが人として優れているなんて、私は少しも信じていない。そもそも文学を逆恨みして自分はオリジナルかのように啖呵《たんか》を切っていたけど、そんなわけがない。自分だってインターネットの海で使い古された言葉で武装しているくせに、ただ「パクリ元」が違うだけだという自覚がないのだ。愚かで、矛盾だらけで、話していて疲れる。そう思っていたしいまも思っている。

それでも、いま会いたいのは彼女だった。自分でもわけがわからない。

——そこまで理由が必要ですか?

直接耳にしたわけでもないリリーの声が、なぜか風のように頭をよぎった。

「よかったです、野村さんが来てくれて。男ひとりだとこういう店には入りづらくて」

夜勤で警備員のバイトをしている棚香さんと、日が落ちてから会うのは初めてだ。指定されたのは夜間営業のパフェ専門店で、たしかに女性の姿が多く、男性には女性の同伴者がいる。明かりを絞った店内の雰囲気は妙に色っぽく、さっきから棚香さんは小さなテーブル越しに顔や足が近づきすぎないようずっと姿勢を直していた。むしろ、私がいるほうが居心地が悪いんじゃないかと思う。

ただ、もちろんそんな指摘はしない。棚香さんは「男ひとりだとこういう店には入りづらい」なんて気にする人じゃない。自分が周囲の女性を戸惑わせるかもしれないと心配することはあっても、男がみっともない、という見栄《みえ》とは無縁だ。旧弊な思い込みを母胎だか前世だかに忘れてきたとでもいうような、苦労して学習したものとは違う生来の軽やかさこそ、私がまだ粗削りなこの人の作品に惹かれた理由だった。

「きれいですね。食べるのがもったいない」

「食べないと、もっともったいないですよ」

平和なカップルみたいな会話をしながら、しばらく互いに運ばれてきたパフェの写真を撮り合った。ふんだんに使われる色とりどりのフルーツが売りの店にもかかわらず、棚香さんが頼んだのは茶一色のコーヒーキャラメルパフェだ。まあ、かといってメールにあった「以前から興味があって」というのも、完全な嘘ではないのだろうけど。

「とうとう、プロットの段階でボツにされるようになりました」

珍しく弱音を吐くのも、今回は「私の話を聞くこと」が主体だからこそ、いつものように「お仕事はどうですか」とすぐに踏み込めなかったのだろう。

私たちは似ている。さっきから、気遣いに至る思考回路が手に取るようにわかってしまう。これまでの、私の配慮のつもりだった行動もずっとこうして筒抜けで、気づまりにさせていたかもしれないと想像するといたたまれない。ただ、きっかけはどうあれ棚香さんの自己開示は貴重なので、私はいちじくパフェから顔を上げて続きを促した。

棚香さんが私の後任であるベテラン編集者とうまくいっていないこと、最近では作品の批評を越えて人間性まで否定されているらしいことは、これまでの雰囲気からなんとなく察していた。ただ、いざ聞かされると理不尽さに胸が痛むどころではなかった。

「あなたは健康な男性として生まれ、とりたてて苦労せず、自身の特権に無意識に甘えているに至っている。だから、だれでも知っていることは書けるが、だれも知らない世界を書くことができないんだと言われました」

「若い作家は苦労しろみたいな風潮、まだあるんですね。なんですか、その薄い文学論」

だれも知らないものが見たいだけなら宇宙行け、と暴論を吐くと、棚香さんはコーヒーキャラメルパフェに目を落としながら弱く笑った。

「でも、考えてしまうんです。書店に並んだり文芸誌に載ったりする作品は、すべて僕がつまずいている部分をクリアしたんだなって……最近では本を選ぶのもつらくて、実用書ばかり手に取ってしまう。そのことでよけいに小説を裏切っている気がして、ますます書店から足が遠のく悪循環で」

「無理しなくていいんじゃないでしょうか。そもそも本を読むと勉強になる、豊かになるみたいな発想、本好きの傲慢《ごうまん》だと思います」

「ああ、それで言うと……前にお会いしたとき僕、重盛源の本を買ったじゃないですか。全然、よくなかったです。とっくにだれかが言ったことを気取った表現に直して、それを『気づいてないだろ』って顔で差し出しているだけで。原典へのリスペクトも薄いし」

棚香さんがいきなり重盛の批判を始めたことで、私は彼への慰めのつもりだった言葉が自己弁護になっていたことに気づいた。

「あの人は『ゲンじい』なんて色物扱いされてもニコニコしているころがいちばんおもしろかったな。権威を得てからすっかり、嫌な言い方ですが、老害みたいになって。好感を持っていたはずの相手が、歳を重ねてそうなってしまうのは悲しいですね……あの人も」

棚香さんが出したのは、予想どおり、出版社を批判した彼の先輩作家の名前だった。

「もちろん、気持ちはわかります。新作が出ず冷遇されるという点で同じ立場ですから。でも、それは担当編集者と作家の問題で、かならずしも出版社全体が責任を負う話ではないでしょう。重盛に便乗して後足で砂をかけるような真似、僕はいいとは思わない」

「……そうですね」

「そもそも今回の件、関係者の騒ぎ方が行き過ぎだと思います。ただ好きで本を読んでいるだけなのに、本が嫌いという人がひとりいるだけであそこまで攻撃するのは異常です。はしゆりがなにを言ったところで『文学なんてくだらないんだ、本を捨てよう』なんて考える人がいますか？　無駄な時間は大事と言いながら、みんな読書だけ『高尚な無駄』として扱う。出版業界にいる人間の、それこそ無意識の特権意識ですよね。自分は好きだ、だから守りたい、だけでいいのに、わかんないやつはだめだって言い出したらおしまいですよ。何事も権威を持ったら暴力になる」

「棚香さん」

棚香さんは言葉を切った。その表情を直視できず、棚香さんのパフェに視線を移す。

「アイス溶けますよ」

「ああ。すみません、長々とつまらない話を」

「私、棚香さんと話すと楽になれます。すごく意見が合うから、よかった、自分だけじゃなかった、このままでいいんだって思えるんです」

よかった、と微笑んで、棚香さんはパフェに載った繊細な飴細工《あめざいく》をスプーンの先でつついた。急いで言葉を続ける。こんな話、アイスが溶ける前に終わらせるべきだ。

「このままでいいなんて、どんどん後退していくのと同じことなのに」

棚香さんの口元から笑顔が消えた。年上の男性が急に真顔になったのに、私は少しも畏《い》怖《ふ》や警戒を感じなかった。それが彼の美徳なのに、そのことすらもの悲しく感じた。棚香さんではなく、そう思う自分が悲しかった。

「甘えていたんです。余裕がなくて小説が読めなくなっても、読んでないけどこの人の本だから最高、なんて平気でレビューされる本ばかり作っていても、おまえはいらないって言われても、私は編集者だっていう自信を棚香さんから搾取していました。ただでさえ苦しい棚香さんの私への信頼を、つまんないエゴのために利用しました。卑怯でした」

そんな、と棚香さんは言いかけて、やめた。きっと気づいてしまったのだ。棚香さんもまた、小説が書けなくても劣等感で本を読めなくなっても、自分は存在を否定されたわけではない、待つ者のいる作家だという矜持を私から得てなんとか呼吸をしていたのだと。

言葉は、真実をあとから連れてくる。

だから、たまに本質をくらませてしまう。まず感情があり、これは社会にあってもいい、あれはあってはいけない、だからこう思ってもいいのだと保証を得るために人は言葉を重ねる。本当はただ、感情がそこにあると先に認めなくてはいけないのに。その上で、遠くのだれかとやわらかくつながる手段、それこそが私の愛した文学だったのに。

正しく孤独でいるためだけに、私たちは手を取り合わなければならなかった。これって私だけですか、なんて卑怯な目配せで、暴力としてそれを振りかざすためじゃなくて。

「私、棚香さんの次回作を待っています。期待に応《こた》えなきゃ、なんて思わないでくださいね、そこまで委《ゆだ》ねられてもそれこそ応えられないので。ただ無責任に、期待だけしているんです。文学じゃないとかどうでもいいんです。私が待っているのは棚香さんの作品で、自分は文学をわかってる側の人間だって顔をするための道具じゃありませんから」

私に伝えられること、伝えなければならないことは、最初からそれだけだった。

「すみません、長くなって。食べましょう」

私の勧めをよそに、棚香さんはついにスプーンを置いてしまった。野村さん、と小さな声で言い、欠けた飴細工を載せたまま先端が崩れてきたアイス越しにこちらを見る。

「デビュー作を読んだ別の会社の方が、雑誌に短編を書かないかと連絡をくれたんです」

「そうなんですか、よかったですね」

「評判がよければ、その会社で書き下ろしを出すことも検討してもらえるそうで」

「めちゃくちゃいい話じゃないですか！」

「その会社には、純文学の文芸誌がない。読み切りを書くのもエンタメの小説誌だから、そこから再出発するなら方向転換を強いられます。僕はずっと純文学に救われてきたし、未知の世界に踏み出す勇気が持てない。それに、ここでやめたら自分はやっぱり間違ってこの賞からデビューしたんだと認めてしまう気がする。いまの担当が言うとおり僕は苦労知らずだから、楽なほうに逃げようとしているんじゃないかという不安もあります」

「……は？」

思わず漏れた声は、幸い棚香さんには届かなかったようだ。

え、本気で言ってる？　それ。

まずは作家が書かないと編集者なんかなにもできないのに、そんな恵まれた話を「純文学作家を名乗れなくなる」なんて見栄で保留にしてたの？　進む前から方向転換すること考えて足踏みしてどうするの？　デビュー作を読んで話が来たなら作風は理解されてるんだし、とりあえずやってみないと始まらないんじゃないの？　自分は間違ってデビューした？　うちの選考委員と社員、ていうか私を信じてないの？　唯一の理解者みたいに助けを求めておいて？　その連絡が来たのは口ぶりからしてたぶんだいぶ前ですよね？　真剣に「この人には他に書く場所がないからうちでなんとかしなきゃ」って悩んでいた私を、そんな保険があるのにどういう気持ちで見てたの？　いや、わかんないわかんない！

「野村さん、ずっと付き合わせてすみません」

「……いえ。知らない場所にひとりで行くの、怖いですもんね」

私たちは、ずっと同じ場所にいた。望んだ場所から拒絶された気がして、手を取り合い慰め合ってきた。そろそろ戻る時間だ。必要なら、またそのときに寄り添えばいい。

「私こそ……いや、これはこれで必要だったんです、棚香さんも私も。辛気臭い感じ出すの、全部が間違ってたみたいになるからやめましょう。私が言うのもなんですけど」

はい、と短く答えて、それ以降、棚香さんは本当に言葉少なになった。

溶けかけて層と層が混ざりつつあるパフェをもくもくと掘り進めながら、ぽつぽつと、だけど、お互いに初めて聞くような他愛ない雑談をした。棚香さんは、バイト先の警備室でおじさんたちが今季のドラマの主演女優でだれがもっともかわいいか討論を繰り広げており、みんな棚香さんを「自陣」に組み入れようと熱烈にプレゼンしてくると笑いながら話した。私は正月休み、家族旅行先で十歳の甥《おい》とタクシーに乗ったらクレジットカードが使えず、困っていたところを彼がお年玉で立て替えてくれて思わず「大人になったら結婚してくれない?」と頼んだという鉄板の内輪ネタを披露した（棚香さんが噴き出す貴重な瞬間を見た）。コンプライアンスもメッセージ性もない、だれの目も声も気にしない、別れた瞬間に忘れてしまうだろう話だけを選んでした。

それでよかった。私たちが向き合って話すべき相手は、それぞれ別にいる。


はしゆりの激白は、事前の予約部数にほぼ影響を及ぼさなかった。大手通販サイトのタレント本部門のランキングは配信直後に少し上がったけど、彼女が狙った「バズり」には程遠いし、それはおそらく今後も望めない。

会社の問い合わせ窓口にクレームはたびたび届くらしく、対応する社員のことを思うと心が痛む。ただ、不利益はそれくらいだ。ネットでは引き続き叩かれているけど、出版物は単なるタレント本だし、はしゆりは（現状）法を犯しておらず、炙り杏仁サイドからも抗議は来ていない。そうなると、出版差し止めや内容の訂正なんて選択肢にすらない。当事者であるヨッシー☆の小説がうちの会社から出ていることもあり、炙り杏仁のファンもそれ以上なにをするでもなく、重盛源をはじめとする「本好き」の方々もひとしきり溜飲《りゅういん》を下げたらあっさり静かになった。まるで「人間性の衰退」したインフルエンサーの相手など、本来なら自分の仕事ではないと言わんばかりだ。うちの会社ともう仕事をしないという人も、例の受賞者を除けばいないらしい。

私に関して言えば、重盛が丁寧に「担当編集者」と名指しで批判したので多少の憶測は飛んだけど、ＳＮＳで期待されたであろう目にはとくに遭っていない。身元を特定されるかもしれないという心配も杞憂《きゆう》に終わった。むしろ同じ部署の人にお菓子をもらったり、産休中の芹沢さんが『ごはん食べてる？』とＬＩＮＥギフトで肉を送ってくれたり、得になることのほうが多かったかもしれない。関係各所も回ったけど、私が頭を下げてもみんな許す以前に「大変でしたね……」とぬるく同情するか、半笑いで「はしゆりさんていつもああいう人なんですか？」と詮索してくるかだった。要するに、まともな人間なら真に受けないし、まともに対処する相手に笑ってしまう程度のことなのだ。

そうなると、はしゆりに連絡する理由がなかった。爆弾を抱えて火の海に飛び込んだっつもりらしい彼女に、進んで「波風はないです、凪《なぎ》です」と報告する必要も感じない。どうするべきか考えながら過ごしているうちに、意外にも、彼女のほうから動きがあった。

『野村さん配信見てた？』

ＬＩＮＥの通知が来たとき、私はもうパズルゲーム（騒ぎを機にＳＮＳから離れるために始めたら、うっかり課金までしてしまった）をしながら寝落ちしかけていた。平日のこんな時間に連絡してくるのは家族か友達だと思い、送信者も確かめずに開いたことを後悔する。おかげでメッセージの横にはしっかり既読マークがついてしまった。

ベッドに腰かけて、しばらく「考える人」のポーズで思案する。事件からの時間差と性急な文面のギャップに戸惑いつつ彼女の心理を考えてみたけど、すぐにあきらめて指を動かした。どうせ予想など無意味だ。いっそ、落とされる爆弾をそのまま受け止めよう。

『見ました』

『コメントしてくれた？』

『そんな暇なかったです』

生配信の日と同じ、腹を抱えて爆笑するスタンプが送られてきた。はしゆりがよく使う背の高いクマのキャラクター。ちょっとしたアニメーションがついていて、絶妙に気持ち悪い動作でぬるぬる手足をばたつかせているがとくにメッセージはない。これはおまえがこの会話にきりをつけろという、彼女なりの「で、オチは？」だろうか。そう思いかけたとき、すぐに追ってメッセージがあった。

『ごめんね』

「は？」

彼女らしくない返事に、思わず声が漏れてしまった。

棚香さんのときといい、ちょっと口が緩くなってきたかもしれない。いま気がついたけどたぶん、いや絶対に、考えるより先に声に出すはしゆりの影響だ。

『なにがですか』

謝るくらいなら最初からしないでほしい。そう伝える代わりに疑問符をつけなかったのは、少しでも冷ややかに響くようにという悪あがきだ。活字の微妙なニュアンスの違いにはしゆりが気づくとは思えないが、だからこそ、せめてもの抵抗のつもりだった。

すでに入力していたのか、ほぼ入れ違いに返事が来る。

『好きなもの嫌いって言われんのやだよね』

――は？

声は飲み込んだけど、そのぶん、衝撃が体に出て立ち上がってしまった。

『野村さんいるのに本の悪口ごめん』

『あたしもしょせんユーチューバーとか言われるのやだ』

『野村さんが勝手に本の話すんのは平気』

『むしろおもろい』

『よっしー小説こいつ暴露本格差えぐいって』

『コメントきて論破してやりたくなった』

はしゆりには長文を句読点で区切る習慣がないので、一文ごとにいちいち息をついて区切り直す。おまけに接続詞や助詞をおろそかにして推敲《すいこう》もせず送ってくるので読みづらい。

『野村さんクビになったらうちでやとう』

『うちの事務所と話ついてオッケーって』

『決まってから連絡したくておそくなった』

『とりまうちのマネージャーでいい？』

返事ができずにいると、はしゆりから、クマが長い手足をぬるぬる動かして高速でスクワットのように土下座しつづけるスタンプが送られてきた。

今度こそ言いたいことは終わりらしいと悟り、私は衝撃波で吹っ飛ばされたように背中からベッドに倒れてスマホを投げ出した。この人、これだけめちゃくちゃなことをめちゃくちゃなタイミングでめちゃくちゃに話しておいて、後始末を「で、オチは？」とこちらにぶん投げている！

どういうこと？　私にどんな返事を求めているの？　これより先に謝ることがあなたにはいっぱいあるはずだけど？　悪いと思うならこのふざけたスタンプはなに？　私は本が

好きで編集者になったのに「うちのマネージャーで」いいわけないよね？　いやわかんない、なんにも全然わかんない、もうやだこの人怖い、これって私だけなの⁉

そう思ってから、失笑が漏れた。

私だけに決まってる。こんな場所に、他のだれかが好きこのんで来るわけがない。これって私だけですか、そんなわけがないよね？　と目配せしたって、私以上にこの理不尽さをわかってくれる人なんかいない。見知らぬ賢い人が代わりに的確な語彙《ごい》で彼女を罵倒してくれたところで、なんの励みにも助けにもならない。

それになにより、もういらない。自分だけは冷静です、客観的に疑義を呈しているだけです、と見栄を張ってみたところで、だれも興味を持ってくれないしなんの意味もない。わからないものにムカついている、怯えている、許容できない、ひとりぼっちは怖い、と認めていったん降伏しないと、そこから立ち上がって殴り返すことはできないんだ。

大きく鼻息を吹いて、がばっと起き上がった勢いでふたたびスマホを手に取る。

今日に至るまで溜《た》まりに溜まってきたあらゆる疑問やツッコミをＬＩＮＥに打ち込み、その勢いのままに送ってやろうとしたのに、悲しいかな、親指がどうしても従ってくれなかった。こんなひどい日本語を文責・野村ゆりで発信するなんて、たとえ読者がはしゆりひとりでも許せない、と生理的な拒否反応を示した。私の体でいちばん自由な場所かもしれない親指が、送信ボタンの代わりにぽちぽちと地道に本文を直しはじめる。改行でわかりやすく区切り、誤字脱字を直し、全体を丁寧語に統一し、感情表現をやわらげる。そうするうちにもう一段階頭が冷えてきて、さらに踏み込んだ推敲にかかる。

もしかしたらはしゆりには、激情のまま放たれた元の言葉のほうが伝わりやすいのかもしれない。どうせ考え抜いた長文を送ってもろくに目を通さないのだ。棚香さんをはじめとする多くの作家が「初期のほうがいい」と残念がられるように、支離滅裂でも剝《む》き出しの魂に反応する読者層は確実にいる。

だけど私は、その場所にはもう戻らない。

数十分かけて添削し、数行に収まった私からのメッセージに対する返事は『いまの期間限定メニューなに？』の一言だった。脱力しつつ『そろそろブルーハワイミルクラテが終わりそうです』と答えると、私にはなにがいいのかやっぱりさっぱりわからない、気色悪いクマがガッツポーズをするスタンプが送られてきた。


「もしもし、野村です……あ、そうです。本日はよろしくお願いしま……いま起きられたんですか？　いや、大丈夫ですよ。私は夕方まで予定が空いていますので。場所も場所ですし本でも読んで待っています。はい……承知しました。あの、そんなにお気になさらず、本当に大丈夫ですので。はい。お気をつけていらしてください。はーい」

電話を切って大型書店に一歩入ると、すぐに「今週の注目本」が展開されていた。目玉は発表されたばかりの文学賞の受賞作らしい。ああ、けっきょくこれになったんだ。下馬評どおりだし順当だよね。でも私、あんまりこの作家さん好きじゃないんだよな。主人公だけが「世俗になじめない特別でかわいそうな存在」で脇役が「世俗を要領よく渡る話の通じない嫌な奴」に終始させられる構図が陳腐だし、悲劇的な出来事があるたびに「どうだここで泣け」っていう目配せが押しつけがましくて冷める。泣きたければ勝手に泣くから。これって……まあ、目新しい意見でもないだろうけど。

新刊のコーナーの前でしばらく考え込む。何冊か見比べてから、最近よく名前を聞く作家の短編集を手に取った。帯やあらすじに「ほっこり」や「癒《いや》しの」という文言が躍りがちな印象があって引いて見ていたけど、産休中に「久しぶりに好きな本を読めた」らしい芹沢さんを含め、おもしろいと言っていた人が周りにもいたから気になる。それに短編集なら、たとえば仕事相手が遅刻したときなんかの待ち時間でも読みやすい。

雑誌のエリアに向かう途中、タレント本の棚で『はしゆり。くろにくるっ！』の背表紙を見つけた。予定されていた販促活動のいくつかが中止になったにもかかわらず、発売後一週間で重版を達成し、うちの近所の書店ですらしばらく平積みになっていた。ただ、さすがに一ヶ月を経て新たな話題作に席を譲ったらしい。まあ妥当な判断だ。

本人いわく「一生エゴサしてる」はしゆりは、本の感想を見つけては自分のＳＮＳアカウントで拡散していて、たまにそのスクショをＬＩＮＥで送りつけてくる。少し前は「発売日にブックオフで買った」とリプライが来たらしく、シールを貼られた本の写真を共有された。珍しく傷ついたのかと同情し、自分のショックも手伝って『こんなの相手にしないほうがいいですよ』と少し感情的に答えると頭の上にハテナマークを浮かべるクマのスタンプが返ってきて、どうにも嚙《か》み合わないまま十分ほどやりとりした末、彼女には「発売日に古本屋で本を見つけて買い、それを作者に報告する」ことの悪意が伝わっていないとわかってどっと疲れた。どうやら純粋に褒めてほしかったらしい、死んだ虫をくわえて帰る猫じゃあるまいし。案の定それをみずから拡散したことで『発売日にブックオフに売られるとかどんなゴミ本だよw』とアンチのおもちゃにされてようやくキレていたが、もはや心を動かす気も失せて最近その手の連絡は一切スルーしている。

文芸誌のコーナーに向かう途中、音楽雑誌のコーナーの前で一度足が止まった。フロアを回り、目当てだった棚香さんに読み切りの依頼をした出版社の小説誌も手に取って、会計を済ませてから同じビルの中に併設されたブックカフェに入る。今日初めて打ち合わせするインフルエンサーの自宅は会社に来てもらうには遠かったので、交通の便がよくて落ち着いた雰囲気の場所がいいと思って私がこの店を指定した。

コーヒーを注文して、レジ袋からサンダーボルトが表紙を飾る音楽雑誌を取り出す。

ファッション誌ではよく見かけるけど、硬派な音楽雑誌でこうして特集されているのは珍しいからつい手に取ってしまった。日本デビューに先駆けて発売されたサンダーボルトの新しいアルバムは、世界進出への足掛かりとして勝負の一作と言われている。とりわけ今回の目玉となるのは四人それぞれの自己プロデュースによるソロ曲だそうだ。メンバーひとりひとりのインタビューも載っていて、振付のポイントや自分で作詞したラップに込めたメッセージ、歌唱に苦労したパートなどをおのおのが明快に語っている。

リリーのページは最後にあった。他のメンバーのフォローがないとインタビューにすらまともに答えられない子が、自分ひとりの楽曲についてどう答えるのか、というよりライターが彼女の発言をどうまとめるのか、ほとんど物見遊山に近い気持ちで目を通した。

「今回の楽曲は、私にとってもっとも大きな挑戦となりました。

私の名前の由来は『ピーター・パン』のタイガー・リリーで、それは幼稚園での体験がもとになっています。クラスのお遊戯会で『ピーター・パン』をやることになったとき、周りの女の子たちはウェンディかティンカー・ベルの役をやりたいと言いました。ウェンディは十二歳にしてふたりの弟の面倒を見るしっかり者で、ネバーランドでもお母さんの役割をします。ティンカー・ベルは献身的にピーター・パンに尽くしますが、つねに彼の愛を独占したがります。私には、どちらも違和感がありました。

タイガー・リリーはピーター・パンに命を救われるし、彼に好意を寄せていたかもしれません。でもだからと言って、彼に人生を捧《ささ》げて尽くしたり、媚びを売ったりしません。

自分のしたいことをしているだけのように見えます。母親のような無償の愛情も、恋人のような従順な奉仕も、なくたって女性は魅力的でありうるのです。

同じように、私は私です。あるときは意思のない人形のように撫《な》で回され、あるときは魔女のように叩かれても、どれだけ切り取られたイメージが独り歩きしても。私自身は、ずっと変わりません。今回の楽曲には、そういう決意が込められています」


コーヒーが運ばれてきて、雑誌を置いた。

――そこまで理由が必要ですか？

その言葉に象徴されるものをファンが絶賛する一方で、無気力とか失礼で不愉快というような反対意見もあった。中には彼女がアイドルになったこと、それどころか生きていることとすら否定する言葉もあって、見ず知らずの相手を全世界に向けて罵倒する熱量には「そんなことにそこまで……」と引きながらも、私はその裏に隠れてこっそり、ああ、やっぱり気に食わないのは私だけじゃない、と自分を慰めていた。

そして、もうひとつわかったことがある。なんにでも説明を求められる世界で「理由はない」と豪語し、そのくせ名前にまでしてしまう彼女の摑めなさと、それが許される存在としてありのままで愛されることが、本当は少しうらやましくもあった。自分の名前を「好き」と言ってもらえたような錯覚も、あったのかもしれない。

「すみません待ち合わせです！」

入口から響いた声に顔を上げると、待ち合わせ相手の女性インフルエンサーが息を切らしながら店員と話していた。

直接会うのは初めてだけど、動画とはだいぶ印象が違う。寝癖を隠すためか目深に帽子を被り、顔は青白く化粧けがない。一時間で着くと言っていたけど、腕時計を見たら本来の約束から四十分しか経っていない。身支度もそこそこに走ってきたらしい、どれだけ遅刻しようがメイクとヘアセットは完璧《かんぺき》にしてきたはしゆりなら考えられない姿だ。それはそれでかまわなかったけど、ああやって急いでくれるとやっぱり気分は悪くない。

注意を引くために手を挙げてみせると、彼女は急いで駆け寄ってきて「遅れてすみません！」と頭を下げた。若干芝居がかっている気はするけど、久々に普通の社会人みたいで新鮮だなあと思いつつ名刺を渡す。ようやく頭を上げた相手の視線がテーブルに置いた雑誌に向けられ、あ、と小さく声が漏れた。

「サンダーボルト、お好きなんですか？」

いまだにサンダーボルトのパフォーマンスを見ても「なんかすごい」くらいしか感想が浮かばないし、ドヤ顔で「ユピテルです！」なんて第三者にまで堂々と名乗るファンを見ると「関係者なの？」とちょっと恥ずかしくなる。自分よりはるかに稼いでいるはずの彼女たちにわざわざお金を出す必要も感じない。真面目に応援している人たちには嫌われて当然だ。ただ、いままでなら、適当な会話の糸口が見つかったのをいいことにすぐ「はい」と答えたと思う。

リリーの真意はわからない。そもそも、本当に彼女が考えた言葉かどうかも私には知る手段がない。ただ、彼女はこれからなにをしても許される安全圏を出て、なんにでも説明を求めてくる世界と真っ向から戦う覚悟を決めた。おもしろくはないけど正しい言葉で自分を守ることを、私には責められない。なにがいいのかわからない、悪意はないけど知りたいのだと言いながら卑怯な手段で納得できる理由を奪い取ろうとした私も、彼女を楽園から追い出すことに加担したのだから。

「どうでしょう、なんか気になったんですよね」

それでもひとつ、願うことを許されるとしたら。あなたがこれから先、手段と目的を見失いませんように。好きなものを好きであるために言葉を利用して、言葉に心を従属させてしまいませんように。もっと無責任な、だれにでも伝わる表現にするならば、あなたがあなたらしく幸せでありますように。

「なんで怒らないんですか？」

怒っている人を見ると、自分が冷蔵庫になったような気がする。

怒りは伝染するから、その場のひとりでも腹を立てていれば周囲のボルテージも自然と上がる。そこにいるだけで、共鳴するにせよ、反発するにせよ、まったく関係ないことを考えていたとしても、共通のリモコンで操られたように勝手に感情の出力が最大になってしまう。そして、急に終わる。暖房を最高温度に設定してオーブンを二百度に予熱して電気ケトルでお湯を瞬間沸騰させてお風呂《ふろ》を追い焚《だ》きしてドライヤーをフルパワーでつけていた家のブレーカーが、負荷に耐えかねてばつんと落ちるような唐突さで。

真っ暗になった部屋に、私はひとり、冷たい腹を抱えて立ち尽くしている。自分で電気を起こすだけの力はないから、うかつに扉を開ければぬるい空気が入って中の食品がだめになる。だからブレーカーがだれかの手で上げられ、他の家電が適切な設定で起動し直すのを、みんなのテンションから置いてけぼりにされたまま、ぼんやりと待つしかない。

『久しぶりに星一個にしちゃった！　エゴサに引っかかったら本人キレそ～（笑）

炙り杏仁のコントみたいな笑えるものが読みたくて図書館で借りたのに、全体的に暗くて重くて途中で飽きた。話題だったはしゆりとのエピソードも脚色しすぎて意味不明。なにがしたいんだろう。読者の需要がわからないのってプロ失格じゃない？

評価高いけどそんなにいいか？　と思ってここを見たら、わりと同じ意見の人いて安心した〜。最近のセンス系芸人ってなんですぐ小説書くんだろう、ネタに集中すればいいのに。出版業界も、安易にタレントを使って目先の利益を稼ぐよりちゃんと売れるものを書ける作家を育てるのが先じゃないの？　テレビも本もいま落ち目だから協力して盛り返したいのかな。そういう娯楽が必要なのは現実を忘れたいときなのに、大人の事情が見え見えすぎて冷めるのって私だけ？　ま、べつに興味ないけどね。』


まだまだ続きそうな勢いだったブックレビューがいきなり終わり、なじみのある感覚が背筋を走った。思わず振り向いたけど、もともと納戸だった仕事部屋の光源はパソコンのバックライトと頭上に灯《とも》る電池式のデスクランプしかなくて、本当にブレーカーが落ちたとしてもわからない。たとえ世界がウイルスや戦争によって滅亡し、私だけが生き残っていても、ここから出ないかぎり知らないままかもしれない。

ともあれそれで、あ、この人は怒っているんだ、と気がついた。茶化して（笑）をつけたり「興味ない」と冷静を装ったりしてみても、特有の熱っぽさは隠せない。でも、なんで怒るんだろう。本人いわく「図書館で借りた」のだから、お金を損したわけじゃない。

時間を無駄にしたくなかったなら、ネットにこんな長文を書き込むのは逆効果だ。じゃ、後半に書かれている「ネタに集中せず本を出すセンス系芸人」と「タレントを使って目先の利益を稼ぐ出版業界」の癒着が許せない正義感だろうか。義憤っていうんだっけ。えっ本当かな、そんなふわっとした問題に一冊の本がつまらなかっただけでこんなに怒れるの？　やっぱり私、なにか読み逃しているかもしれない。

目薬を差し、あらためてそのレビューに目を通してみる。昔から国語が苦手なせいか、なかなか内容が頭に入ってこない。うちの職場の人たちなら、この長文からもっと多くの情報を読み取り、感受性を研ぎ澄ませて作者の意図を理解できるんだろう。アーティストの異文化交流や芸術活動による地方支援を目的とするＮＰＯ法人「クリエイティブ・コンジャンクション」通称ＣＣで、私が契約職員として働きはじめて四年目になる。衛星放送のテレビ番組制作という新規事業の立ち上げに伴う事務要員としての採用で、デザイナーやアートディレクターといった文化人気質の正規職員（彼らはＣＳこと「クリエイティブ・スタッフ」と呼ばれる）が多い中、私のような平凡な主婦は逆に異質だ。

日々賢い人たちに囲まれているせいか、難しい話に相槌《あいづち》を打つスキルだけは上がった気がするけど、私自身の知性が磨かれた気はしない。ただその平凡さがむしろ珍しいのか、今年から「世間ずれしていない関《せき》さんの新鮮な感覚が必要」と番組の事前調査を任せてもらえるようになった。四十にもなって専門技術のひとつもない私を叱《しか》らないどころか、そこを重宝して新たな仕事まで任せてくれる職場なんて他にない。だからこそ、自分にできる全力を尽くしたい。

二回読んでもけっきょく新たに得られるものがなかったので、その投稿の真意を理解するのはあきらめた。それになんとなく、この意見は参考にならない気がする。職場のみんなと違って私の判断基準は勘くらいだけど、間近で番組制作の現場に関わっていると「滑りそう」なものへの警戒心だけは強くなる。センスや知性がなくても、ほとんど本能で、人は「滑っているもの」を見るのが怖いらしい。

企画会議で番組のゲスト候補として「炙り杏仁のヨッシー☆」という名前が挙がったとき、最初は新手のスイーツショップかと思った。出演が正式に決定し、先方への連絡や下調べを行ううちに、やっとそれがお笑い芸人の名前であることを知った。体を張るより鋭い一言で本質を斬る、いわゆる「センス系」の芸風に定評があるらしい。そのわりに愉快な芸名に疑問を持って調べたら「将来有名になったとき、いまの私をバカにしてきた連中がこの名前に敬称つけてへつらう姿を見て笑ってやりたいから」命名したと書かれていてちょっと引いた。無名のヨッシー☆をないがしろにした人たちと、有名になった彼女に尽くしてくれる人たちは関係ない。現に私も、バカにするどころか知りもしなかった彼女のために夫の仕事部屋を借りて徹夜で作業をしている。もちろん、悔しい思いをさせられたことに怒るのは自由だ。ただ、偶然近くにいただけの相手まで無差別に復讐《ふくしゅう》に巻き込むのはやめてほしい。

　そんな彼女が発表した初めての本である短編集『逆再生コピルアク』は、なかなか評判がいいらしい。彼女の芸人仲間やインフルエンサーが『一気に読みました』『とにかくすごい、こんな本読んだことない』と「一般人」の目線で主観的に褒め称《たた》え、それをプロの作家や有名な書店員といった「業界人」が客観的な評価で補強するという正のサイクルが作用していると、出版業界に詳しいCSの日下《くさか》さんが教えてくれた。でも、CCの理事であり番組の司会を務める重盛先生のモットーは「未来に向けて建設的に疑う」ことだから、地上波の番組との差別化を図るためにも、肯定が多いときほど「孤高の声なき声」を意識するようにと注意されている。

　キラキラした絶賛の声が大半なら、ネットの片隅に押しやられたようなネガティブな声はたしかに貴重だろう。でも、ただ「同じ意見の人いて安心した～」と手を取り合う様子に孤高の尊さはあまり感じられない。パズルゲームみたいにいくつかくっついたらぱちんと消えそうだ。建設的に疑う余地なんて見出《みいだ》せないほど、ぬくぬくして、はかない。

　でも、正直にそう言ったら怒られそうだ。

　星ひとつのレビューを抽出していた検索条件の絞り込みを解除し、まあ使えそうな『逆再生コピルアク』のレビューを何件かコピーする。それを、あらかじめワードファイルにまとめておいたプロの書評や本人の取材記事からの引用の下にペーストした。ヨッシー☆

の本は現状一冊しかないから、作家活動についてはこれで十分だ。続けて動画投稿サイトで炙り杏仁の公式アカウントを探し、そこにアップされているコントのネタから再生回数が多いものと、ＳＮＳで自称「お笑い評論家」のアカウントが「隠れた傑作」と紹介していたもののＵＲＬを代表作として貼りつける。最後に、これまでの情報を踏まえてゲストの紹介文を作成する。細かい言い回しには公開前にチェックが入るから、現時点では大枠があればいい。そこまでで、打ち合わせ用の資料は完成。ここから先は鵜飼《うかい》さんや日下さん、重盛先生といったプロの領域になる。

ネットからコピペして一丁上がりなんて、我ながら怠惰な大学生のレポートみたいだ。でも、手近な材料を切り貼りしてそれっぽいものを組み立てる作業は、大学生というより小学校の夏休みの自由研究のようでもある。ふよふよと漂う情報の切れ端を拾い集めて切り貼りする作業を繰り返していると、牛乳パックやペットボトルで作ったロボットたちのことを思い出す。ゲストとはまだメールを交わしているだけのこのとき、私はいつも、実際には知りもしない彼らより自分のつぎはぎのほうに愛着を覚えている。もちろん、完成した資料を共有した瞬間ぱちんと消えてしまうまやかしの情だけど。

Ｓｌａｃｋを起動させると、ほとんど早朝に近い深夜なのに数分前の通知でメッセージが届いていた。宛先は、代表やインターンの小田嶋《おだじま》さんも含む番組制作チーム。送信者は案の定、鵜飼さんだった。日下さんが共有したネットニュースに対する長文のコメントを、個人宛てのDMではなく全体に向けて送ってきたらしい。

「重盛源・韓国アイドルへの問題発言を批判『日本は芸能後進国』若者から共感の声」

リンクを開くと、ネットニュース特有の盗撮みたいな顔写真がまず表示された。昔ほどテレビには出ていないとはいえ、先生はいまも本を出したり講演会に招かれたりしている。ちゃんとした近影なんてすぐに手に入るのに。記事の内容がどうあれ、こういう微妙な仕事ぶりのせいで「写真も用意できない媒体」と信憑性《しんぴょうせい》が下がるのはもったいないと思う。一見小さいことをおろそかにしないのがプロだと、うちの職員ならみんな言っている。


——3日放送のトークバラエティ番組「花野井《はなのい》さん、お呼びですか?」において、MCの花野井大介《だいすけ》が韓流アイドルグループ「サンダーボルト」のメンバー・ベルに「守りがいがない」などと発言した件で、コラムニストの重盛源氏がSNSで「日本の暗部を象徴する事件」と苦言を呈した。

重盛氏は「海外のコメディアンは政治批判や社会問題にも積極的に切り込み、権威に一石を投じている。グローバルに活動する海外アーティストもフェミニズムや反戦をテーマにした楽曲で社会貢献に意欲を見せる」と指摘。その上で「日本の芸能界だけが、いまだに強者が弱者を見世物にすることで成り立っている」と批判した。また「毒にも薬にもならぬ恋愛模様しか歌わない人形を『アイドル』ともてはやすこの国の土壌から、世界的なスターが生まれないのも道理」と問題視し、花野井氏の発言を「多様性を体現する若い海外ゲストの生き方を時代錯誤な笑いで貶《おとし》めることしかできないようでは、今後も日本の芸能界、ひいては国全体のガラパゴス化は加速するだろう」と憂えた。

これを受けて、ネットでは「ゲンじい、よく言った」「おじさんにも話のわかる人がいて安心しました」などの称賛の声が相次いでいる。

ベルはサンダーボルトのリーダーで、韓国のボディビル大会で入賞経験があり、スポーツブランドの現地アンバサダーも務めるなど肉体美とストイックさで知られるメンバー。その節制の行き届いた食生活が番組で紹介されると、花野井氏は「男は案外たくさん食べる子のほうが好き」と発言。また、腕相撲対決で敗北して「強い女は守りがいがないからモテない」「どこを目指しているの？」と揶揄《やゆ》したことで「おまえのためにやっているわけじゃない」「典型的な老害」と批判を受けている。

日下さんはうちでいちばん熱心な重盛先生のファンで（本人は「敬意を払っているだけです」となぜか認めたがらないけど）、先生の発言がネットニュースになるたびにこうして記事を共有してくる。ただ、鵜飼さんがそれに反応するのは珍しい。そもそも必要な報連相ですらしょっちゅう忘れてみんなに叱られている人だ。私からすれば知り合いが関わっているだけのありがちなコピペ記事だけど、見る人が見ればここにはそれこそ「日本の暗部を象徴する」ような重大な問題が指摘されているのかもしれない。

次の出勤日はきっと、この話で職場はひとしきり盛り上がるだろう。私も「世間ずれしていない」意見を求められるかもしれないけど、いまは徹夜明けで頭が回らない。考えるのは保留、反応も保留、資料の共有も保留にして、ひとまずパソコンの電源を落とす。

昨夜のうちに予約しておいた炊飯器が、台所からお米の匂いを届けてきた。そろそろ子供のお弁当を作る時間だ。仕事部屋から出ると廊下の空気がうなじや足首をひんやりと包んで、意外と全身がほてっていたことを知った。リビングの明かりは消してあるけど、待機中の家電がランプを灯しているから少し歩くぶんには不自由しない。音も光も最低限、一気に情報量の減った空間は、知らないうちに熱を閉じ込めていた体をゆるやかに適切な温度まで導く。

その足でキッチンに向かう。私は昔から、真っ暗な空間で冷蔵庫の扉を開け、庫内灯を頼りに中を眺めるのが好きだ。閉めれば自動的に照明が消えることも、その仕組みももう知っている。それでもたまに、変なタイミングで急に扉を開けて明かりがつくのを確認しては、いつでも待っていてくれる友達の家に来たような気持ちになる。さみしいやつだと思われそうだし、だれかに断定されたら本当にそんな気がしてきそうだから、人に言ったことはないけれど。そして、実際にはそんな友達、べつに欲しくもないけれど。

『鵜飼。おまえ、少ししゃべりすぎだ』

リモート打ち合わせからヨッシー☆とそのマネージャーが退室し、画面内に上下ふたつずつ長方形の枠が並んだ。さっそく右上から日下さんが恒例のダメ出しを始めると、左上の鵜飼さんが『すみませーん』と気の抜けた謝罪を返す。

『打ち合わせは傾聴が大事だって、代表にも重盛先生にもいつも言われているよな？』

日下さんは鵜飼さんを睨《にら》みつけた。その視線はインカメラに向けられるから、まるで参加者全員に不満を表明しているように見える。私は慣れているものの、六月から来ている大学生の小田嶋さんは少し居心地が悪そうだ。画面の左下に映る表情は真顔だけど、現実の彼女はいま、オフィスで私の隣の席にいるから気配でわかる。

『つい話が盛り上がっちゃって。テレビの印象より話しやすいですね、あの人』

『おまえが無駄話をするから相槌を打っていただけだろう』

『でも、僕のこういう型破りなところが、地上波のテレビでは見られないゲストの思わぬ一面を引き出すって重盛先生は言ってましたよ』

『都合のいいところしか覚えないい癖をいいかげん直せ。そういうこともたまにはあるが、そうじゃないことのほうが多いから気をつけろという意味だったろ』

『そうでしたっけ？　でも実際、おかげで思わぬ一面を知れましたね。若い女性であんなにサブカルに造詣《ぞうけい》が深いというか、知識が豊富な人も少ないですよ。ああいう面をもっと押し出せばファン層が広がると思うけど、窮屈な地上波では難しいのかな』

日下さんはトレードマークの丸眼鏡を外し、眉間《みけん》を揉《も》みながらふーっと溜息《ためいき》をついた。いかにもできる文化人然とした相手にこんな態度をとられたら、私ならなにが悪いかわからなくてもとりあえず謝ってしまうので鵜飼さんはすごいと思う。CCの立ち上げメンバー同士で鵜飼さんの性格を知っているのに、彼の苦手な対人業務をあえて任せて自分はフォローに徹し、その都度こうしてフィードバックをする日下さんも面倒見がいい。体毛の薄い腕にいつも高そうな時計をつけている日下さんと、多忙を言い訳に髭剃《ひげそ》りや散髪を怠りがちな鵜飼さんのやりとりは、傍目《はため》には息子が父親を叱っているように思える。もっとも、実年齢は日下さんが五つも上だ。

『言い訳するな。うちはゲストの知名度に寄りかかるだけのトークバラエティじゃない。相手の深層を引き出すために柔軟に構成を変え、毎回新番組のようにアプローチできるのが強みなんだ。ディレクション担当のおまえがいちばん承知しているはずだろ？　さっきみたいに自分の話しかせずに、どうやって相手の内面を深掘りするんだよ』

『いやー、そのとおりです！　さすが日下さんだなあ』

今回の反省会はいつも以上に長引きそうだ。ちらっと横目で確かめると、小田嶋さんはパソコンに内蔵されたカメラをじっと見つめて、自分の顔を枠の中心からなるべく動かさないように息を詰めているところだった。そのぶんの感情が肩から下に出ている。うなずいたり首を傾けたりしてみせつつ、落ち着かない様子で膝《ひざ》にかけた毛布をしきりに手繰ったり、その下で足を組み替えたりする様子がこっちからだと丸見えだ。頭を砂に突っ込んで「敵が見えなくなった」と安心してしまうダチョウみたい。首も手足も長いし。

「小田嶋さん、お手洗いとか平気？」

隣を向いて直接問いかけると、彼女ははっと画面から視線を外した。はずみで力の抜けた頭が赤ちゃんのように揺れる。うなずくか首を振るか迷う様子を見て取った日下さんが、気遣わしげに『すみません、小田嶋さん。気がつかなくて』と言った。

「いいえ。とても勉強になります」

小田嶋さんは背筋を伸ばし、控えめに首を振った。私よりずっと社会人っぽい。現代っ子らしくスタイルもいいし、メイクをほとんどしていなくてもいいにおいがする。彼女が髪を揺らすたびに漂うシャンプーの香りを画面越しにも感じたのか、日下さんは揉みほぐしたばかりの眉根《まゆね》を緩め、それをごまかすようぎゅっと寄せ直して厳しい声を出した。

『とにかく。鵜飼の編集技術が高いのは認める。だが、仕事はひとりじゃできないんだ。こうやって同じ注意をされるたびに、チームの時間を奪っていることを自覚しろ』

鵜飼さんはまだ物言いたげにしていたけど、先に日下さんが『ふたりは昼休憩に入ってください。関さんには先方への連絡事項を送っておくのでよろしく』と話を打ち切った。お疲れさまでした、と挨拶《あいさつ》を交わし、まずは日下さんの顔が画面から消える。続けて退室しようとすると、上方に拡大された鵜飼さんの顔がにっと黄ばんだ歯を剝《む》き出しにした。

『日下さんだってさあ、たいがい話が長いと思わない？　凜《りん》ちゃん』

いきなり水を向けられた小田嶋さんが、退室ボタンを押そうとしていた指を止めた。

「鵜飼さーん。女性を下の名前で呼ぶのはセクハラです。代表に言いつけますよ」

『ちなみちゃんまでそんな意地悪言うー。俺はだれにでもこうなの！』

「じゃあ、日下さんのことも英男《ひでお》さんって呼んであげたらどうです？」

『冗談じゃないよ。君らも嫌でしょ、大の男が名前で呼び合う職場とか』

「大の男にできないことは、女にもしないでくださーい」

ふんっと鵜飼さんが鼻で笑う。あんまり勢いよく鼻息を吹き出すので、はずみで鼻毛が飛び出してくるんじゃないかとつい見てしまった。

『イケオジは得だよな。内容薄い説教でも無条件に女性に感心されて、庇《かば》ってもらえて』

小田嶋さんがはっとなにか言いたげに息を吞んだけど、私は「はいはい、悔しかったら美容院行ってくださいねー」と気づかないふりで先に答えた。

『ちなみちゃん、最近代表に似てきたよなぁ。かわいげがないと旦那《だんな》に嫌われるぞ』

「ご心配なく。結婚十五年目の相手に、いまさらかわいげなんて求められてません」

『浮気されちゃうよ？　熟年離婚とか流行《はや》ってるでしょ、いま』

「せいぜい気をつけますね。お昼食べるんでお疲れさまでーす」

返事を待たずに私が退室すると、おずおずと小田嶋さんがそれに倣い、仮想の会議室は鵜飼さんを残して消滅した。こちらの様子をうかがう彼女に、私は「気にしないで、鵜飼さんいつもああだから」と笑ってみせる。

「いえ……あの、関さんは大丈夫ですか」

「私はもうこの歳だし、全然。でも、小田嶋さんは嫌ならちゃんと言ってね」

着席したまま、用意してきた昼食を取り出した。オフィスは高級住宅街の一角にあるけど、駅から遠いし周囲にお店もない。一階が事務室、二階が会議室と代表の執務室、地下が撮影スタジオという小さい敷地で休憩のために移動するのもばからしいので、私たちはいつも「子供じゃあるまいし気にしません」という顔で並んで昼食をとる。というより、私は本当に気にしないけど、小田嶋さんはたぶん精一杯そういう顔を作っている。

「お疲れー。あれ、まだお昼食べてるんだ？」

お弁当箱を包んだハンカチの結び目をほどこうとしたとき、軽やかに靴音を鳴らしながら安斎《あんざい》代表が階段を下りてきた。

スタイルアップと機能性を兼ね備えた七センチのハイヒールは、若いころから変わらず彼女の必需品らしい。たしかに、まもなく六十代とは思えない引き締まった脚にぴったりだ。大手制作会社でチーフプロデューサーまで経験した後に独立し、スキルと人脈を活《い》かして自分の理念を実現するためにＣＣを立ち上げた。家庭では二児の母で、美容医療やエクササイズで自分磨きにも余念がない。ここまで来るともはや憧《あこが》れる気も起きず、すべてを手に入れられる人っているんだなあと他人事《ひとごと》として眺めてしまう。

「代表、お疲れさまです。ちょっと午前中の打ち合わせが長引いたので」

「来週の番組の？　どうせ鵜飼がべらべら自分語りしたんでしょう」

「ゲストさんと趣味の話で盛り上がったみたいですよ。知識が豊富で、若い女性とは思えないって感心してました」

「まーたそういう言い方したの、あいつ！」

アートメイクだという眉がきっと吊《つ》り上がったので、フォローのつもりが口を滑らせたことを悟る。かといって嘘ではないので続く言葉を思いつかずにいると、代表は「ごめんねー、小田嶋さん！」と音を立てて手を合わせた。

「鵜飼とは、私がここを立ち上げる前からの付き合いでね。仕事の腕はお墨付きだけど、昔からあの調子なの。どこに行っても人間関係がうまくいかないから、見かねて世話していたら懐かれていまに至るんだけど、まだ悪しき業界のバイアスが抜けてなくて。ね？」

最後の「ね？」と同時に代表がヒールを軸にぐるんとこちらを向いたので、私は開けかけていたお弁当の蓋《ふた》に手を置きつつ「そうですね」と答える。

「昔に比べたら、あれでもまだマシになったの。番組が始まって、重盛先生に面倒を見ていただくようになって以来かな。それまではほんと大変だった！　関さんが来たばっかりのころとか最悪だったよね、キャラ弁事件とかさ」

コンビニの大きなメロンパンに顔を埋《うず》めようとしていた小田嶋さんが、不思議そうに「キャラ弁事件？」と顔を上げた。代表は勢い込んで説明を始める。鵜飼さんの人となりを語る上で欠かせない、いわば鉄板エピソードだから何度か披露されるところは見てきたけど、そのたびに話の切れ味が増している気がする。

「ちょうど関さんが入社した年に、鵜飼の子供が幼稚園に入ったらしいの。鵜飼はあんなふうだから結婚も遅くて、初めてのことに浮かれたんだろうね。毎朝キャラ弁を作って、なまじ凝り性だからすぐ上達して、ＳＮＳとかでもちょっと評判になったみたいでさ」

「それの、どこが最悪なんですか」

想定どおりの反応を引き出した代表は「まだ若いもんねー」としたり顔でうなずいた。

「母親って、命がけで出産してからも無限に仕事があるの。子供におっぱいやって、爆睡する夫の横で夜泣きをあやしておむつを替えて、他にも掃除洗濯料理、そこに分類されない細かい家事で予定が埋め尽くされてる。それが日常、つまり『ケ』の仕事なら、子供が育ったころにポッと出て、やればちやほやされるキャラ弁作りは『ハレ』の仕事でしょ？」

ねー！　と力強くこちらに同意を求められたので、曖昧《あいまい》に笑っておく。

「鵜飼、よそのママから『うらやましい、うちの夫なんて』ってもてはやされるうちに、自分は完璧《かんぺき》なパパだって勘違いしたみたい。職場に関さんが持ってきたお弁当にまで文句つけるから、あんたは他にどんな家事してるのって訊《き》いたら口ごもってさ。あれはどうせ掃除や洗濯どころか、キャラ弁以外の料理すらやってないね。たとえ奥さんが専業主婦だとしても、キャラ弁とその他の家事が対等なんてことがあると思う？」

「文句というか、心配してくれたんです。見栄えのいいおかずのレシピを教えますって」

「いや、それ完全にアウトでしょ。思い出した、たしか『茶色いおかずばっかりだとお子さんが嫌がりませんか』とか言ったんじゃなかった？　また腹が立ってきた！」

その日は番組制作チームのメンバーが揃い踏みしていたので、たちまちディベート大会が始まった。まずは代表が「キャラ弁は親のひとりよがり」と持論を展開し、その時間で洗面所やコンロを掃除するほうがよほど家族思いだと主張した。それに対して鵜飼さんが「偏食の多い子供に楽しく食事をさせる工夫」と反論したところへ、日下さんが「キャラ弁禁止の幼稚園もある。子供が『うちも作ってほしい』と簡単にねだったら大変だから」と実例を出した。劣勢に焦った鵜飼さんは「そんなの親子のコミュニケーションで解決すべき問題でしょう」といつもの調子で失言してしまい、そこで一気に形勢が傾いた。

——子供を説得する親の苦労知らないでしょ？　あんたがやってることは、家族をほったらかしてガンプラ作ってるオタクと変わんない。たまたまそれが食べられるからお情けで家事認定してもらってるだけ。少しちやほやされたくらいで勘違いすんな！

代表が雷を落とし、日下さんがぼーっと見ていた私に「すみません、彼にはこちらで指導しておくので」と謝ってくれたことで、最初で最後のキャラ弁ディベートは終結した。

「関さん、あのときよく辞めずにいてくれたよね。心広すぎじゃない？」

代表が両手を私の肩に置く。自分が触れても嫌がられないどころかコミュニケーションに有効だと思えるのは、きっと生まれながらに選ばれた人の特権だ。

「いいえ、むしろ感謝しているんです。実際、鵜飼さんのレシピには助けられたので」

「そういうこと、絶対本人に言わないでね。あいつ気を遣われるとすぐ真に受けて調子に乗るから！　こないだなんて、日下が最低でも毎日風呂には入れって注意したら『日下さんと違って僕は中身で勝負するんで』とか答えたらしいよ。重盛先生が『鵜飼は外見だけ一丁前ないまのテレビマンには珍しいタイプ』っておっしゃったのを曲解したみたい」

「あらー、それは困りますね。ただ実際、鵜飼さん仕事できるからなあ」

「技術があっても、人間性を伴わなければ『できる』とは言わないの。せっかく重盛先生がそのあたりを丁寧に教えてくださっているのにまともに聞きやしない。目をかけていただけるのは自分が有能だから、くらいに思ってるんじゃない？　重盛先生は鵜飼が生意気を言ってもおもしろがってくださるけど、リスペクトがないって日下がいつも青筋立ててるわよ。そろそろ血管が切れるんじゃないかな」

「まあ、自信はないよりあるほうがいいですよね」

「もー、優しすぎ！　逆に心配だわ、関さん怒ることある？　旦那とか姑《しゅうとめ》とかに言いたいこと言えてる？」

私が答える前に「あの」と割って入ったのは、黙って聞いていた小田嶋さんだった。

「あの、鵜飼さんのパートナーは、キャラ弁についてどう思っているんですか」

唐突な質問の意図が摑《つか》めなくて、私は仕事の判断を仰ぐように代表を見上げる。代表も虚を突かれたのは一緒らしく、さあ、と即答しながらも顔はぽかんとしていた。

「そもそもあいつ、無駄にしゃべるくせに奥さんの話はしないんだよね。結婚したこともだいぶ経ってから、しかたなくって感じで報告してきたし。重盛先生が『お祝いに家族と食事でも』って誘ってくださったのも『プライベートなんで』って断ったらしいよ。全部妄想じゃないかって日下なんか疑ってたくらい」

「妄想だとしたら、キャラ弁の話とかだいぶ手が込んでますよね」

「あはは、たしかに！　あと、Ｓｌａｃｋのアイコンの写真は奥さんだよね。画質が悪くてぼんやりとしか見えないけど、なんか露出度高くて下品じゃなかった？　顔もケバそうだし、どっかで若い女に騙《だま》されたんじゃないかって逆に心配になったんだけど」

「そうでしたっけ？　騙されたにしてはお子さんもいるし、そのお子さんには鵜飼さんがお弁当を作ってあげるくらいだから、仲はいいんじゃないですか」

「そうかー、それはそれで心配だな。鵜飼がっていうか、キャラ弁くらいで機嫌とられてあの鵜飼を許しちゃう女のチョロさが」

「……じゃあ、その方がどう思っているかはわからないんですね」

脱線していきかけた話を、小田嶋さんが焦《じ》れたように修正する。ただの雑談にしては切実な口調と表情で、なにか言いたいらしいとさすがに理解した。

同じ気配を察したのか、代表は「まあね」と鷹揚《おうよう》にうなずき、心なしかディベートの口調になって「でも、家事の配分なんてやってみないとわからないし、話し合いで決めたからってなにもしないのは怠慢でしょ」と説明する。小田嶋さんは「はい」と言いながらも、腑《ふ》に落ちない様子を隠さない。鵜飼さんみたいにはっきり反発すれば議論になるんだろうけど、これがいまの子の「察して」か、こちらに心は開かないのに高度な対応を求めるんだなあと思う。代表も珍しく言いよどみ、やがて私の肩に置いた手をすっと離した。

「そりゃ、本人たちがいいならいいけど」

は、と小さく息を吐く一瞬で、頭の回転の速い彼女はもう微妙な空気の落としどころを考えついたらしい。表舞台を演出する業界に長く身を置いているせいか、話し方や展開の作り方は下手な出役《でやく》顔負けのレベルだ。

「鵜飼の場合、それを一般論だと思い込むから関さんみたいな優しい人が困っちゃうって話。小田嶋さんも長い目で見てやって。あ、でもハラスメントは絶対我慢しないでね？」

返事を待たずに私の背中をぽんと叩《たた》き、代表は「お昼行ってきまーす」と出て行った。おそらく事前にタクシーを呼んでいて、それに乗ってどこか良いお店に向かうのだろう。

七センチヒールの足音が完全に消えてから、あらためて小田嶋さんに向き直る。

「昼休みにごめんね。代表、こういう話題アツくなっちゃうから」

「いえ、大丈夫です」

相変わらずそっけない返事だけど、多少気を遣ったくらいでまともに対話できるようになるなんて最初から期待していない。ただ、たった数ヶ月しか職場を見ていない大学生の頭の中だけで、付き合いの長い人たちを一方的に悪者にされることが釈然としないだけだ。

――いまどき親睦《しんぼく》深めるために飲み会とか、昭和かよって感じじゃない？

事務所から駅までは距離があり、閑静な住宅街をしばらく直進することになる。夜中の路上は意外と声が響くということに、小田嶋さんはきっとまだ気がついていない。

――教授に騙されたー、番組制作補助っていうからちゃんとした会社かと思ったのに。NPOが片手間にやってるだけ、しかも地上波ですらないとかふざけんなよ！　一ヶ月も働いてるのに芸能人のひとりも来ないしさ。イベントスタッフのバイトでもしといたほうがよっぽど有意義だし楽しかったわ、絶対。

絶句したのは、単にびっくりしたからだ。悲しいとか裏切られたとか思えるほど、私は彼女のことを知らなかったし、いまも知らない。ただ、私じゃない人が忘れ物に気づいて追ってきていたらどうしてたの？　と、こっそりおせっかいな心配をした。

――成金ババアが代表だから外面はいいけど、中身は大学の映研以下。素人の動画だってもっとマシな環境で撮ってるわ。そのくせ自分たちを「クリエイティブ・スタッフ」とか言っててウケる、そうでもしないとプライド保てないんだろうね。地上波と違って～とか連呼してるけど、おまえらみたいな底辺、だれも見てないから好き放題やれるだけだろ。

彼女も慣れない高いお酒で酔っていて、酔っている自覚すらなかったのかもしれない。

代表は執務室にワインクーラーを置いていて、ことあるごとにそこからとっておきの一本を出して事務所の会議室で懇親会を開催する。私はお酒が飲めないから未経験だけど、ゲストのみならずインターンの学生にも振る舞うのは「若いうちにいいものを経験させたい」という親心らしい。小田嶋さんにも「お酒は飲める？」と繰り返し確認していたし、職員（おもに鵜飼さん）にも「無理に飲ませたら速攻クビだから！」と念押しする姿を見た。

でも、もちろん、そんな気遣いは小田嶋さんには関係ない。彼女が内心どれだけこの職場に不満を抱いていようと、私には関係ないように。

――直属の上司はやる気ねージジイだし、その上は東カレかぶれのナルシストだし、ふたりとも事務のおばさんに仕事押しつけてデカい顔してるし。セクハラとマンスプレイニング連発でおばさんかわいそう、てめーらのママじゃねえって言ってやればいいのにね。私？　いまのところ平気。うん、大丈夫。そこそこやるわ。死ぬ気で大手の内定取って、二度と関わらなければいいだけだもん。

吐き捨てると同時に遠くに見えていた背中が角を曲がり、声も聞こえなくなった。

小田嶋さんの大学が夏休みに入るのを待って開かれた歓迎会は、主役が「すみません、家族から電話が」とすまなそうに退席してからも会議室で続いていた。だから、打って変わって乱暴な口調で「助かったーマジで、こっちは推しの生放送があるのにジジババの相手してられるかよ！」と叫ぶ声を耳にしたのは一階にいた私だけだ。私には「推し」がいないからわからないけど、テレビなら録画できるから神経質になる必要ないんじゃないだろうか。そもそも、なんで自分で自分の機嫌が保てなくなるまで我慢するんだろう。鵜飼さんみたいに「プライベートなんで」と言うのはハードルが高くても、もっといいやり方はありそうなのに。もしかしたら、怒りたくて怒っているのかもしれない。

若い子の本心なんてあんなものだろう、ありがた迷惑という言葉もあるし。私は黙って引き返すと傘立てに彼女の傘を戻し、盛り上がるみんなの声を聞きながらその日の残務処理を再開した。他の人が持っていきようがないくらい目立つその赤い傘は、まだオフィスの玄関に置きっぱなしになっている。

雨が降らなければ傘の存在すら忘れるくらいうかつな小田嶋さんは、自分の本性がだれにもバレていないと信じ切っている。私は代表でも正……クリエイティブ・スタッフでもないし、怒ったり傷ついたりする道理はない。ただ、真面目そうな若い子の裏の顔をうっかり握ってしまった手が、皮を剝いた山芋でも握ったようにたまにうずうずとむず痒《がゆ》い。

それ以外の実害は、とくにない。インターンはこれまでにも何人か来たけど、私でさえ「この人たちがこのまま社会に出たら、うちの子が成長するころ日本は大丈夫？」と不安になることも少なくなかった。それに比べれば、小田嶋さんは指示されたことはちゃんとやるし、時間も守るし、敬語も使える。ここにいるうちはおとなしくしているつもりらしい彼女の、ちょっとした悪意なんてかわいいものだ。


異文化交流トーク番組「ペッテンコーファーを笑うな」は、月に一度、事務所の地下のスタジオで収録する。三十分番組の四本撮りだから一日がかりの仕事で、私も朝の七時前には出勤して鍵《かぎ》開けをしないといけない。ただ、重盛先生の要望で収録はたいてい土日だから、夫が子供の面倒を見てくれて助かる。ここに来たばかりのころ、代表になにげなくそう言ったら「共働きなのに料理は関さんがしてるんでしょ？　それくらいでありがたがってどうするの！」と叱られた。とっさに謝ったけど、実のところ、いまだになにがいけなかったかよくわからない。

始発で家を出て事務所を開放したら、七時ちょうどから外注の制作スタッフによる搬入やセッティングが始まる。小田嶋さんが八時に来たらその手伝いを交代して、私は二階に上がる。九時に専属のメイクさんを連れて到着する番組アシスタントの穂乃花、通称ほのちゃんのための準備は、彼女がプロのモデルだけあって特殊な工程が多い。

重盛先生をＭＣとする番組の制作が決まって、意外と難航したのがアシスタントのキャスティングだ。代表が「くだらない地上波みたいに女性を添え物にはしない」とみずから選考に参加し、最初に白羽の矢が立ったのはキー局から独立したばかりのフリーアナウンサーだった。初めて会ったときは「テレビで見た人だ！」と興奮したし、それから何回か挨拶もしたけど、向こうから話しかけられたのは事務所でコーヒーを出そうとして「ノンカフェインにしてください」と言われたときだけ、それも彼女が日本の報道の脆弱性《ぜいじゃくせい》を番組制作チームと議論している最中だったから、あちらは私のことを覚えているどころか、はなから認知さえしなかったかもしれない。

見るからに賢くて当然ルックスも申し分なかった彼女が、放送直前で降板した理由はわからない。鵜飼さんは「日下さんとデキちゃったんでしょ」とにやつき、日下さんは「鵜飼が不躾《ぶしつけ》にプライベートを詮索《せんさく》したからね」と溜息をついていた。代表はといえば、つてのある芸能事務所に片っ端から連絡しつつ「ああいう、実力もないのに我の強いタイプがいちばん扱いに困るのよね」とつぶやいただけだった。私にはいまだに理解できないディベートに初日から参戦した彼女に「実力がない」というのは意外だったけど、代表が言うならそうだったんだろう。

ともあれ、初回収録の四日前という急な依頼を快諾し、にこやかに「未熟者ですが、この機会に精一杯勉強するのでご指導お願いします！」と挨拶してくれたほのちゃんを、みんなが総出で大事にするのは当然だった。飲み物にこだわるのは前の人と一緒でも、ほのちゃんは「歯に色素沈着するコーヒーや紅茶は飲めなくて……」とすまなそうにしてくれるから、他のだれも飲まない銘柄指定のハーブティーを事務所の給湯室に常備して、彼女専用のサーモマグにあらかじめ淹《い》れておく作業もまったく苦じゃない。

「関さん！　ちょうどよかった、渡したいものがあるの！」

　収録の日が来ると、会議室の一角はほのちゃん専用のメイクルームに変貌《へんぼう》する。彼女のために用意した照明付きの鏡（女優ミラーというらしい）の前でメイクさんに筆で顔を撫《な》でられていたほのちゃんが、入ってきた私に気づいて前を向いたまま手を振ってみせた。私物のＢｌｕｅｔｏｏｔｈスピーカーからおしゃれな曲が爆音で流れ、デパートの化粧品売り場の香りがいつも殺伐とした部屋に漂うこのときが、自分の職場が芸能界に近いことを唯一実感する瞬間かもしれない。

「ほのちゃん、もしかしてそれ、前から話してた写真集？」

「もうっ、写真集じゃなくてフォトエッセイだってば」

　私が近寄ると、ほのちゃんは机に積まれた写真集……フォトエッセイの山から一冊引き抜き、中を確認してから「はいっ」とこちらに差し出した。よく見ると、隅のほうにいる日下さんと鵜飼さんも同じ本を持っている。遅刻癖のある鵜飼さんも、分刻みの予定を口レックスで管理する日下さんも、この日だけは余裕を持って到着し、彼女の準備の様子を横目で見守っている。セクハラにならない雑談のきっかけを見つけたからか、ふたりともさりげなくこちらに寄ってきて、なんだかんだ息が合うなぁと微笑ましくなった。

「わー、おめでとう！　ずっとがんばってたもんね」

「大変だったよー。日程もギリギリの中で何本もエッセイ書き下ろしたのに、直前になって『写真の分量を増やすから半分ボツにしたい』って言われたり」

「えー、ひどいね。大手の出版社でもそんなことあるんだ」

食い入るように本を見ていた鵜飼さんが「関さんは世間知らずだな！」と顔を上げた。

「それくらいかわいいもんだよ。大手ほど、そういういいかげんな仕事するやつが多いんだからさ。向こうは企業を隠れ蓑《みの》にすりゃいいんだし。僕がなんで前の職場を辞めたかっていうとね、そういうところが……」

「穂乃花さん、そこからよく粘ったね。エッセイの分量だいぶ残ってるじゃない。やっぱり、せっかくの文才を活かさないのはもったいないからね」

長くなりそうな話を、日下さんがさりげなく遮る。さすがにほのちゃんの前ではいつもの調子で注意できないらしい。鵜飼さんが話しだすと同時にリップを塗るために唇を結んでいたほのちゃんは、こくこくと小さくうなずき、阿吽《あうん》の呼吸でメイクさんが紅筆を引くと同時に口を開いた。

「はい、がんばって交渉しました。言うこと聞いてビジュアルメインにしたほうが需要はあるのかなって、不安になることもあったんですけど」

「いや、穂乃花さんの感性の豊かさは武器だから、目先の売り上げより優先するのは長い目で見れば正しいよ。自信を持っていい」

「ありがとうございます！　みなさんのご協力のおかげで、自分の意見を主張する勇気が湧いたんです。だから、本が完成したら真っ先にお渡ししたくて！」

芸能人やインフルエンサーによるタレント本が量産される昨今、ほのちゃんにも複数の出版社から誘いがあったらしい。彼女がみんなの助言を真摯《しんし》に聞く姿は私も見ていたし、日下さんに至っては、何人かの関係者を実際に紹介したそうだ。

「私までもらっていいの？　なんの役にも立てなかったのに」

「なに言ってるんですかー、関さんはいてくれるだけでいいの！　私の癒《いや》しだもん」

関さん、と入口から声をかけられて、振り返ると小田嶋さんが立っていた。白いスニーカーに黒のトレーナーとデニムパンツというラフな格好で、髪はまとめている。

「ゲストの方とマネージャーさんが玄関に到着されました」

「あ、はい。私が出ます。小田嶋さんは打ち合わせに同席してください」

一階に下りると、開けっ放しの玄関先で男女の二人組が立ったまま待っていた。急いで「お待たせして申し訳ありません！」と駆け寄って招き入れる。私が出勤したときにはまだうっすら曇っている程度だったけど、この時間になると空を厚い雲が覆っているのがわかった。風の音もどんどん強まっているし、もうすぐ雨が降り出すかもしれない。

　小田嶋さん、適当に入って座ってもらえばいいのに。でもまあ、あらかじめ指示をしなかった私も悪い。収録には音が鳴らない格好で来るように再三言ってもチャラチャラ鳴るアクセサリーとシャカシャカしたナイロンの服を身につけて来て、鵜飼さんを怒らせた末に帰らされたバイトの子も過去にはいた。以来、若い人はＴＰＯよりおしゃれを優先するものだと思うようにしてきたから、いちおう指示を守った彼女はそれだけで偉く見える。

「はじめまして。すみません、早く到着しすぎましたか？」

　恐縮したように頭を下げながら、ヨッシー☆の男性マネージャーが名刺を差し出した。リモートの打ち合わせでも挨拶したはずだが、あのときはもっぱら鵜飼さんが話していたので私の顔は覚えていなかったらしい。ヨッシー☆はその横で、まだ眠そうに眼鏡の奥の目をしょぼしょぼさせている。

「とんでもない。出演していただく回は二本目からなので、それまでは自由におくつろぎください。昼食も用意していますので、ぜひご一緒にどうぞ」

「ありがとうございます。あの、重盛さんはどちらに？」

「いつも本番直前にいらっしゃるんです。ご多忙な方で」

「彼女の小説をぜひ番組で紹介したいと言ってくださったそうで、お礼をしたくて」

えっそうだっけ？　と思ったが、いくら私がうっかりしていても当然顔には出さない。

「それでしたら、収録後に懇親会があるのでよければいかがですか？　この事務所で開くささやかなものですが、先生も毎回参加されますので」

「えーそんな、畏《おそ》れ多いなあ！　ご迷惑じゃありませんか？」

マネージャーの隣で、ヨッシー☆は座って早々に目を閉じている。打ち合わせでは鵜飼さんの話を楽しそうに盛り上げていて、さすが芸人だなあと感心したのに別人みたいだ。芸名の由来によれば、権力を持って人を見下すような相手に憤っているふうだったのに。自分も有名になったから一般人は眼中になくなったのかもしれない。

番組ゲストは基本的に代表や理事の人脈だけど、今回作家を呼ぶ案が出たときに「頼めそうな友達がいる」と言い出したのはほのちゃんだった。その「友達」がテレビでよく見る芸人と知って日下さんや代表は驚いていたけど、鵜飼さんは「わかってないよね、美人には三枚目枠の女友達がいるんだよ。セレブがブスな猫連れてるようなもんでさ」と訳知り顔で私に耳打ちしてきた。だけど見るかぎり、ヨッシー☆が素直に引き立て役に収まるとは思えない。逆に、無邪気なほのちゃんのことを内心では見下していそうだ。

ふたりを会議室に案内したのと入れ違いに、今度は重盛先生が到着した。働きはじめたころ、香盤表に「重盛先生：十時十五分入り、十時半収録開始」とあるのを見たときは間違いかと思ったけど、実際、収録を重ねても先生の入り時間が乱れたことはない。季節を問わず無地のTシャツとジャケット、ジーンズにスニーカーという格好で、散歩のように手ぶらで現れる。芸能事務所には入っていないのでマネージャーはいないはずだけど、背後にいつも妙に腰の低い若い男性（日によって違う顔で、その都度「付き人」か「弟子」か「荷物持ち」と紹介される）がついてくるからよけい犬の散歩っぽい。先生は面倒見がいいからね、と日下さんが言っていた。よそでは相手にされないような若者がいると放っておけないんだよ。

先生はこちらに目礼し、その足でスタジオに直行する。台本はほぼ読まず、チェックと打ち合わせはMC席で数分、ヘアセットもメイクもなし。これも恒例だ。一度、褒めるつもりで「テレビ出演のご経験が豊富なだけありますね」と伝えたら、細い目をかっと見開かれてしまった。昔バラエティ番組で見たにこやかな「ゲンじい」のイメージがぼんやり頭の片隅に残っていた当時の私は、その急変ぶりに戸惑ったのを覚えている。

「海外では公共交通機関のディレイを前提として、余裕を持って予定が組まれている。こうも時間に縛られるのは日本だけだよ。分刻みの奴隷契約を良しとする業界の悪しき風習だ。タイムパフォーマンス向上のためのルーティン厳守と混同すべきではないね」

気分を害してしまったようだったので、焦って「申し訳ありません！」と頭を下げた。分刻みの予定が組めるのは交通機関が正確ということだし、かならずしも悪いことばかりじゃないのでは、と少し疑問は覚えたけど、とても口に出せる雰囲気じゃなかった。

「視野が狭いことを言ってすみません。じつは私、海外に行ったことすらなくて」

必死で弁明すると、お面を入れ替えるように「ゲンじい」の顔が戻ってきた。

「飛行機恐怖症なの？」

「いえ、単に機会がなかったんです。あまりお金のある家じゃなくて」

「そう。人それぞれ事情があるからね。でも、ここに勤められたのは幸いだ。多くのクリエイティブな人材が出入りするから、たくさんの教養を吸収するといいよ」

安堵《あんど》して「はい！」と答えると、先生は満足げにうなずいた。

どうやら「業界（たぶん日本の芸能界）」に染まるのはだめでも、その対象が「海外」ならセーフらしい。それさえ学べば「クリエイティブな人材」の発言が理解できなくても仕事はできたし、先生も彼らとの意見交換に余念がなく、いちいち私が「教養を吸収」したかなんて確認してこなかった。そもそもあの日以来、まともに話していない。事務連絡があれば「お弟子さん」に伝えている。

先生が入ればもうすぐ本番で、表舞台が回り出す。そこに居場所がない私は、デスクで水面下の作業をする時間だ。みんながスタジオに向かう気配を感じつつ自分の席に戻り、ふと顔を上げると、流れに逆らって小田嶋さんがひょこりと地下に続く階段から現れた。

「小田嶋さん、どうかした？」

「鵜飼さんに、足音がうるさいから出ていけって怒られました」

インターンの彼女はこれまで週末の出勤を免除されていたから、実際に収録に参加するのは初めてだ。その真っ白な足元からは、たしかにキュッキュッと新鮮なゴムの音がする。彼女が着いたときにはもう慌ただしかったから気づかなかった。

ディレクションと編集を担当する鵜飼さんは収録直前まではいつもの調子だけど、いざスタジオに入ると普段が嘘のように厳格になる。仕事となると妥協しないところも、彼がみんなに見放されない理由だろう。ただ、初めて本気モードの鵜飼さんを見たらたしかに驚くかもしれない。元の「やる気ねージジイ」の印象が強ければなおさらだ。

「関さんがスニーカーでいいって言ったので、私もこれでいいと思ったんですけど」

「そっか、ごめんね。私がちゃんと伝えればよかったね」

怒られたといっても、鵜飼さんが集中すると口調が雑になることはそろそろわかるはずだ。それに、音がしないようにと注意したのに音のするスニーカーじゃ意味がないのもわかると思う。でもまあ、新品のスニーカーは音がするかもしれないと説明しなかった私も悪いと言われたら、そうなのかもしれない。

小田嶋さんはばすんと音を立てて私の隣に座り、天井の一角に設置されたモニターを見上げた。画面には重盛先生のミニコーナー撮影前のスタジオが映っている。ほのちゃんとゲストが入る前に、番組冒頭に放送するゲストに関連した先生のフリートークを一ヶ月分まとめ撮りするのだ。本番開始しまーす、という声とカウントダウンから少し置いて、先生が『古来、女性が文学を牽引《けんいん》してきたのは源氏《げんじ》物語を見ればあきらかで……』と話しだすと、小田嶋さんが「子供のころ不思議だったんですけど」とつぶやいた。

「偉人を紹介する漫画って、大半は男が主人公じゃないですか。女はそれこそ紫式部《むらさきしきぶ》、清《せい》少納言《しょうなごん》、卑弥呼《ひみこ》……卑弥呼て。そんな昔じゃないと数が揃えられないのかって」

そうなんだ、うちの子そんなの読んでたっけ、と思いながらも、せっかく自分から話しかけてきた彼女を邪険にもできず、なんとか「そうだね」より踏み込んだ返事を考える。

「頭がよくても、時代のせいで才能を発揮できない女性がたくさんいたんだろうね」

「そうじゃなくて。昔はともかくいまは、男女比を揃えたいなら差別が薄れてきた近現代で探したほうが効率いいじゃないですか。わざわざ時代遡《さかのぼ》るのなんでだと思います？」

私の答えなど、最初から期待していなかったらしい。モニターに映る重盛先生をじっと見つめながら、小田嶋さんは口角をかすかに吊り上げた。

「私は、近場のことを言うと自分たちの地位が危うくなるからだと思うんです。そんなにすごい女が、しかもつい最近までいたなら、いまなんかもっと多いんじゃないの。偉そうにしてるこいつらって比べたらどうなんだろう、案外全然たいしたことないんじゃねえのって。そう気づかれちゃったら困るし、気づきたくないから」

「……そういう男の人も、いるかもしれないね」

「やっぱりそう思いますよね」

「うん、でも、重盛先生はそんなことないよ。韓国のアイドルの子にセクハラした大御所芸能人を批判したってネットニュース、日下さんが送ってくれたでしょ」

小田嶋さんの反応を待たずに腰を浮かせる。ディベートは私の仕事じゃない。重盛先生には申し訳ないけど、いちおう抗議したのも「関さんも一緒に陰口を叩いた」と彼女に言わせないためだ。私はそれこそ先生のように面倒見がよくないから、目に映るものすべてに牙《きば》を剝きたい相手とぶつかってまで、考えを改めさせようとは思わない。

「あっ、関さーん。ここ自転車あるよね?」

ぱたぱたと軽やかな足音を立てて、ほのちゃんが二階から下りてきた。演者だから足音を気にする必要はないのに、彼女は収録には絶対フラットシューズで来る。一度理由を訊いたら、並んで立ったときに重盛先生の身長を超えないためだとそっと教えてくれて気配りに感心した。それでも座ると上背は先生より低いから、さすがはモデルさんだ。

「自転車?　いちおうあるけどなんで?」

「ちょっとドラッグストアに。よっちゃんがね、頭痛薬が欲しいらしいの。天気悪いと頭が痛くなるんだって」

「えっ、いいよいいよ、私行くから」

「そんなの悪いよ!　大丈夫、自転車で往復すれば収録には間に合うし」

「ほのちゃん芸能人でしょ、急いで転んだり変な人に絡まれたりしたら大変じゃない」

「ほんと？　じつは私も歯ブラシセット忘れちゃって、ついでにと思ったんだけど……」

「頭痛薬と歯ブラシセットね、了解。小田嶋さん、ちょっと行ってくるね」

「……私が行きます。留守中、なにか言われても私だけだとわからないので」

　小田嶋さんが席から立ち上がった。体よくサボりたいのかもしれないけど、だからって拒否する必要もないので「ありがとう」とお礼を言う。みんなに好かれるほのちゃんの魔法が効いてやる気が出たのかとも思ったけど、彼女が「すみません！　あっ、ついでにマウスウォッシュもお願いできますか？」と手を合わせても無表情に「はい」とうなずいただけなのでそうでもないらしい。

「ほのちゃん、優しいよね。自分も有名人なのに、友達のために買い物行ってあげようとするなんて。ましてや相手にはマネージャーさんもついて来てるのに」

　よろしくー、と軽やかに手を振って二階に戻っていったほのちゃんを見送りながら私が言うと、小田嶋さんがふっと鼻で笑った。

「ヨッシー☆さんのマネージャーに行かせると、自分の買い物を頼みにくいからじゃないですか。ていうか、そっちがメインで薬がついでかも」

　うちに買わせればそれくらい払ってもらえるだろうし、タレントに数百円を請求するのも気が引けますもんね、と続ける彼女に、あきれるよりも心配になった。

「考えすぎだよ。ほのちゃん、芸能人とは思えないくらい気さくでいい子だから」

小田嶋さんは聞こえなかったのか、返事もせずにドアを開けた。さっきよりいちだんと強くなった風が吹き込んでくる。

「雨が降るかもしれないし、傘持っていってね」

「天気予報は一日曇りでしたよ」

小田嶋さんはそう言い捨てて、傘立てには目もくれずに出ていった。

席に戻ると、デスクに置いたほのちゃんの写……フォトエッセイが視界に入った。表紙をめくるとかわいくデフォルメしたサインと一緒に、直筆で「いつもほんわかした関さんに癒されています♡今年こそ女子会しようね！」とメッセージが添えてある。女子会しよう、と前からほのちゃんは言ってくれるけど、かれこれ三年以上実現していない。有名人の彼女が無警戒に誘える程度に心を許されているという事実だけでも私は満足だから、たぶん今後も実現はしない気がする。

静かになった事務室に、モニターからの音が響く。重盛先生のトークパートの収録はいつもどおりノーミスで終わったようだ。いまは本編のリハーサル中らしく、ＭＣ席で重盛先生が、オープニングの決まり文句を諳《そら》んじている。

『十九世紀の化学者ペッテンコーファー。近代衛生学の父と呼ばれる偉大な人物ですが、しばしばたった一度の過ちによってのみその生涯は語られます。コレラの存在を否定するために病原菌を飲み、みずからの命を危険に晒《さら》した。そんな彼をみなさんも笑うでしょうか？　しかし、勇気ある挑戦を嘲笑《ちょうしょう》することはなにも生まない。それどころか学びの衰退を招くのです。失敗は終わりではない、始まりです。失敗を恐れず挑戦した偉大な先人を笑う人ではなく、彼らに学ぶ人になりましょう。本日も「ペッテンコーファーを笑うな」スタートです……』

収録の日に関係者みんなが楽しみにしているのが、重盛先生がひいきにしているという老舗《しにせ》のお弁当だ。いつもサラダを持参するほのちゃん以外の全員分、二日前までに私が発注する。とくに重盛先生は「お弟子さん」を予告なく連れてくるから（しかも彼らはたいていお腹を空《す》かせている）、多めに用意するに越したことはない。それでも余るようなら私も昼はそれを食べ、家から持参したものはこうして残務処理中の夕食に回す。

収録がうまく行くと、重盛先生は打ち上げに「お弟子さん」を飛び入りで呼びたがる。満足度に比例してその数は多くなる。二階から漏れ聞こえる野太い笑い声の大きさは、先生の今日の手応《てごた》えを物語っていた。ヨッシー☆のことも気に入ったらしく、彼女の「笑いも小説も賞レースにハマらない」という愚痴を「それは名誉の無冠。時代が君に追いついていないということだから誇っていい」と断じ、私が勧めるまでもなくマネージャーともども懇親会に招待した。鵜飼さんといい先生は「才能はあっても世間に理解されない若者」がツボらしい。なんの才能もないけどなんとなくどこにいても気に留められない、私のような人間に興味がないのも納得だ。

ハンカチに包んだお弁当箱を取り出し、昼食についてきたお茶のペットボトルとスマホを横に置いて、画面に昼に撮った仕出し弁当の写真を拡大表示する。鰆《さわら》の西京焼《さいきょうや》き、鶏《とり》の照り焼き、出汁《だし》巻き、煮物に佃煮《つくだに》に白米。緑や赤といった彩りには乏しいのに、なぜこんなに華やかな印象なんだろう。私が同じおかずを同じ配置で詰めてみても、これほど写真映えするとは思えない。観察しながらハンカチの結び目を解き、箸《はし》をとりつつも視線は画面から外さない。現実に目の前にあるお弁当は、朝の時点で飽きるくらい見ている。

インスタを開いて、いつものハッシュタグに「だしまき」を追加する。この店のものは本当においしくて、何回食べても新鮮に感動する。淡い黄色の美しさやほんのりと上品な甘味はもちろん、お花やハートの部品として切り落とされていない、ぶあつい一片に歯を入れたときの食感が最高なのだ。なんとか細かくカットせず、主役に据えた上で、それを中心に世界を作る方法を先人の知恵から探し当てたい。海苔《のり》と桜でんぶを載せてキリン。丸くくりぬいたチーズでミニオンの顔――

「関さん、お疲れさまです」

「あ、小田嶋さん。なにか足りないものあった？」

「重盛さんが、もっとお腹に溜まるものを用意しろと言うので」

重盛先生が「しろ」なんて私に言ったことはないけどなあ、と思いつつ、階段を下りてくる小田嶋さんを観察する。少し足取りがおぼつかないし、表情こそ変わらないけど頬はうっすらと紅潮していた。

「珍しいね。みんなお酒が入ると食べないから、いつも余るくらいなのに」

「今日のゲストは若いのに、こんな貧相なつまみばかりじゃ失礼だそうです」

懇親会の日の後ろ姿を見ている以上、本当は彼女を帰らせたかった。彼女に気を遣うというより、他のみんなに攻撃的な観察の対象になってほしくなかった。でも、重盛先生が
「学生さん、適当に食べるもの買ってきて」と頼んだとき私はヨッシー☆のマネージャーと出演料の振り込みについて話していたし、コンビニから戻った彼女が二階に上がるときには電話を受けていて、どちらにせよ声をかけるタイミングを逸した。

「じゃ、冷凍の唐揚げかピザでも買ってきましょうか。あ、いいよ。この時間じゃ電話もないだろうから、小田嶋さんは戻って」

「私を見捨てるんですか？」

まさかそんなふうに言われるとは思わなくて、我ながらきれいに二度見してしまった。甘えるような言葉に反して小田嶋さんの表情は硬くて暗い。

「いや、昼も行ってもらったし、二回は悪いから……」

「なにが起こるかわからないのに、自分ひとりで逃げるんですか？」

反応に困って返事が出てこない。ただそれだけなのに、彼女は沈黙に自分でなにか意味

付けをしたらしい。醸す気配がどんどん剣呑《けんのん》になっていく。

「えーと……具合が悪いなら、先に帰る？」

「そうじゃなくて、ああいう集まりが平気で開かれること自体がおかしいです。しかも、女性のゲストがいるんですよ。どこの馬の骨とも知れない男に囲ませて、どんな気持ちかだれも想像しないいんでしょうか」

「馬の骨って……みんな重盛先生のお弟子さんだし、相手は芸能人だよ」

「芸能人なら汚れ仕事を押しつけていいって、職業差別がすごいですね。関さん、あの人が収録前に頭痛薬飲んでたの知ってるじゃないですか。よく黙って参加させましたね？」

「いや、私が言うのも変でしょう。マネージャーさんだっているのに」

「オワコンとはいえ大御所との飲み会に誘われて、個人事務所のタレントとマネージャーが断れるわけないって普通わかるじゃないですか。誘う側が配慮すべきです」

当然のように言われても、ゲストの所属事務所なんていちいち気にしないのが普通だと思う。だれも無理に引き留めたわけではないのに、本人でもない小田嶋さんがどうしてこんなにむきになるんだろう。やっぱり、怒りたくて怒っているとしか思えない。

「関さんてそういうとこありますよね。自分とは関係ないって顔で簡単に人に線引いて、考えるのやめちゃうとこ」

「ごめん、そんなつもりじゃ」

「あのモデルのことも『芸能人とは思えないくらい気さくでいい子』とか言って。いい子なら酔っ払いの中に知り合い置いて帰るわけないし、買い出しだって自分で行く気なかったの見え見えなのに。本当は気づいてるんでしょ？　うっすらバカにされてること。あの女のＹｏｕＴｕｂｅ見れば、本性があんなんじゃないのすぐわかるんだから」

ほのちゃんが懇親会に参加しないのはいつものことだけど、たしかに今日は意外だった。友達がいるから、出版祝いをしたいから、と日下さんも鵜飼さんも口々に引き留めていたけど、ほのちゃんはすまなそうに眉を下げつつも「事務所に呼ばれてるんですー。またの機会にぜひ！」と言って颯爽《さっそう》と迎えの車に乗り込んだ。私なら、あんなに引き留められたら少しくらいは悩む。彼女の去り際はいつも潔くて、サブスクの最新家電みたいだ。辺り一帯が停電になってもひとりだけ独自の回路で動きつづけ、時間が来たら周囲がどんなに困っていてもあっさり引き取られていく。

「まあ、でも、立ち回りはうまいですよね。関さんもあのモデルも。あんなとこ、いたってなんの得にもなりませんもん。適当に機嫌とって逃げるのが賢いのはわかります」

小田嶋さんはなぜか私の隣、自分の席にがたんっと座った。案の定アルコール臭が漂ってきて、本当に酒癖が悪いな、とあきれる。

「重盛源が干されたのも納得です。なんですか『弟子』って。あれになにが教えられるんですか？　信者を連れ歩いて経費で弁当食べて酒飲んで、話すことは昔の自慢といまのテレビへの妬《ねた》み嫉《そね》みだけ。まともな知識人扱いしてるのここくらいですよ。ネットでも、老害が時事ネタにいっちょかみして再起狙ってるって笑い者です」

「SNSを鵜呑《うの》みにしちゃだめだよ」

「関さんに言われたくありません。ネットニュースのコタツ記事を鵜呑みにして、重盛のこと女性の味方扱いしましたよね」

「いや、それは……事実だし」

「適当に無害そうな女を持ち上げておけば、自分は女性の味方って顔ができて立場も守れて一石二鳥ってだけでしょ。そんなのに騙されてチョロいですね、その調子で家でもこき使われてるんですか」

「小田嶋さん、なんでそんなに怒ってるの?」

「関さんが変なんです。なんとも思わないんですか? ここに来て日が浅い私でもわかるくらい、おかしい人がおかしいことばっかりしてるのに。なんで怒らないんですか?」

いや、日が浅いもなにも、はじめから怒ってたよね?

あの夜、帰り着くのも待ちきれずに吐き散らした悪口を私に聞かれていたと彼女は知らない。急な暴言で「この子がここまで言うなんて」という意外性を狙ったなら期待に添えず申し訳ないと思う。ただそうでなくても、飲み会がつまらないくらいで前から持っていた偏見の裏付けをして、自分こそ正義という顔で同意を求められても困ってしまう。

「私、最初は関さん、わかった上で知らないふりしてるのかと思ったんです」

小田嶋さんは私を見上げ、平手で私のデスクをぱんぱんと叩いた。座れと促しているらしい。しかたなく上げかけた腰を下ろす。だれかが来たら、少なくとも、私は止めようとしたという面目を保ちたい。

「でも違った。関さんは本当に、自分がどんなひどい連中に囲まれてどんなひどい扱いをされているか、気づきもしていないんですね」

「もしかして、鵜飼さんがまたなにか言った？　でもあの人、悪気はないから」

「代表も言ってましたよね、長い目で見てやってって。悪気はないとか、昔よりマシになったとか、だから許してやれって言わんばかりに。知りませんよそんなの。なんで許すか許さないか、あなたたちに決められないといけないんですか？　私は自分が見たものでしか判断できないし、見えない根っこなんかどうでもいいです」

こんなふうに噛《か》みつかれたら、おそるおそる差し伸《の》べた手も引っ込めるしかない。

「重盛源も代表も、ああいうヤバい奴を手懐けられる『器の大きい自分』に酔ってるのが丸わかりでキモいんですよ。まあ、だからって嫉妬《しっと》丸出しでねちねち長時間ダメ出しする日下さんもキモいけど。そういえばあの人、モデルの写真集に文才がどう感性がどうって言いながら、おっぱい出てるページずっと見てました。私、後ろにいたんでわかりました。私に言わせれば鵜飼さんとキモさはいい勝負です、ベクトルが違うだけで」

だんだん面倒になってきた。小田嶋さんのテンションが上がるほどにお腹の底が冷えていく。でも、私はほのちゃんのような最新型じゃないし、他にリースされる需要もない。同じコンセントに根差す家電の影響を受けながら、ブレーカーが落ちて食材がだめにならないように祈るしかない。

どうしてこんな目に遭うんだろう。私は、いられる場所にいるだけなのに。

「小田嶋さんからすれば、たしかにここの人たちは癖があるかもしれない。だけど、そうじゃない顔もあるんだよ。嫌なことをされたなら一緒に対応を考える。だけど、個人的な好き嫌いを正当化して怒るのはよくないと思う」

「それ、私じゃなくて代表に言ってください。あの人こそ、好き嫌いに理屈をつける名人ですよ。私はそこらの老害と違うってふりしながら、自分に理解できないものを否定するのがうまいですよね。本人がいいならいいけど、なんて、実際は全然よくないくせに」

「ねえ、酔いすぎ。私、お水買ってくるよ」

さすがに逃げようとしかけたとき、小田嶋さんの手が私のデスクに伸びてきた。

はっと気づいて止めようとするより一瞬早く、彼女の手はお弁当箱の蓋をクレーンゲームみたいにつまみ、これ見よがしに取り上げた。思わず箱を手で覆おうとすると、中から覗《のぞ》いた赤ん坊のように小さな目と視線が合って、動きが止まる。

「関さん、せっかく毎日作ってるお弁当、職場で堂々と食べることもできないんでしょ。

「なんで怒らないんですか？」


「どうしてもっと怒らないんですか？」

ケチャップライスの体でできたジャック・オ・ランタンが、三角に切った海苔の目と口でこちらを見上げて笑っている。スパゲティの包帯を巻いたウインナーのミイラとスライスチーズのゴーストは、パーツがずれてのっぺらぼうに変わっていた。黒猫やスケルトンも作ってみたけど、まだ秋すら来ないうちにいろいろ試してみた結果、いまのシンプルな顔触れに落ち着いた。あとはハロウィンの前に作り慣れておきたくて、ここ一週間、お弁当の中身は毎日これだった。

見られていたとは思わなかった。隠していたわけじゃない。でも、この空間で私に注目している人がいるなんて予想しなかった。ましてや、これは切り札に使える、と狙われて記憶に留《とど》められていたなんて。

「関さんの言う鵜飼さんの『そうじゃない顔』って、キャラ弁仲間としての、ですか？」

小田嶋さんは勝ち誇った口調で、キャラ弁仲間、という部分をことさらにゆっくり発音した。尊重ではなく、それがどれだけ滑稽《こっけい》なことか、下線を引いて強調するように。

「もしそうなら、個人的な好き嫌いを正当化して怒るべきことに怒らないのは、関さんのほうですよね？」

お弁当を両手で包んで、庇うように自分のほうに引き寄せた。

作ってから時間が経っているし、そうでなくても朝、中身が傷まないよう蓋をする前に入念に冷ましている。それなのに、ほんのりと温かい気がした。急速に弱っていく生まれたての赤ん坊みたい。それか、停電の中で扉を開けられて腐っていく冷蔵庫の食材みたい。

「……なんだっけ、ママじゃねえ、って言えばいいんだっけ？」

得意げに小鼻を膨らませていた小田嶋さんが、は、と小さく息を吞んだ。

「小田嶋さん。マンスプレイニングって、なんのこと」

「なにを、急に……」

「そう言ってたから。おばさんがセクハラとマンスプレイニングを受けてかわいそうだって。さすがに、セクハラの意味はわかるけど」

「……関さん、気づいてたんですか」

気づくもなにも、最初から知っていた。

鵜飼さんはもちろん、日下さんも、代表も、重盛先生も、ほのちゃんも、もちろん私だって、完璧じゃない。それでも、いいところも悪いところも折り合いをつけてこの場所で何年もやってきたし、これからもやっていくと決めたのだ。急に現れてすぐ去っていく通り雨のような気まぐれな哀れみくらい、ただ、相手の気が済むまでやり過ごせばいい。

抵抗するのは腹の中で守っていた大事なものに、無遠慮に手を伸ばされたときだけ。

「気づいてたのに、なんで」

小田嶋さんが、なぜか自分が傷つけられたような声を出す。その理由を、考える気にもならなかった。

「まあ、いいや。どうせ説明されてもわからないし。小田嶋さんはうちみたいな『底辺』とは、『死ぬ気で大手の内定取って、二度と関わらなければ』いいよ」

ゆっくりとデスクに下りてきた小田嶋さんの手から、私はお弁当箱の蓋を取り返した。崩れかけた笑顔の妖怪《ようかい》にそれを被《かぶ》せ、ハンカチで包み直して鞄《かばん》にしまう。その鞄を持って立ち上がり、コートを羽織って彼女に背を向けた。

「小田嶋さん、傘は持ってきた？」

戸惑ったように、いいえ、と返事があった。

「じゃあ、今度こそ忘れて帰らないでね」

事務所のドアを開けると、ずっとかすかに響いていた雨音がはっきり耳に届いた。代わりに「え」とつぶやく小田嶋さんの声や、二階の喧噪《けんそう》が一気に遠ざかる。少し前から雨が降っていたことを、きっと私しか知らない。たとえ外で世界が滅んでいたとしても、みんな、喚《わめ》き立てる自分の声が耳に響くばかり。

難破船から最初に逃れるネズミみたいに、私は傘もささずに路上へ飛び出し、徒歩二十分のコンビニに向かって夜道を駆けだした。


「鵜飼さんがいませんけど、いいんですか」

画面には三つの枠が浮かんでいる。上部に代表の顔が大きく浮かび、左下に日下さん、隣に私。見慣れない配置だ。こういうのも上座や下座があるんだっけ、と思いつつ訊《たず》ねると、代表と日下さんが揃って渋い顔をした。

私が自宅からアクセスしたときには、ふたりともリモートの会議室に揃っていた。日下さんはいつも背景にフィルターをかけるからどこにいるか不明だけど、代表は事務所の執務室にいるらしい。収録のあった夜はみんな遅くまでお酒を飲むから、翌日は在宅ないし休みを取り、月曜の午前中に収録の反省や編集プランといった今後の方針を決める会議を行う。代表も参加して日曜のうちに重盛先生とやりとりした改善点などを共有するので、鵜飼さんにとっても重要な席のはずだ。

『少し、彼は休ませることになった。仕事は僕が引き継ぐので心配しないでほしい』

「えっ、体調でも悪いんですか」

『いや……そうか、関さんはいなかったね』

日下さんが視線をさまよわせる。代表の顔色をうかがっているのが画面越しでもわかった。代表は顔をしかめたままうなずき、日下さんがおずおず口を開く。

『先日の飲み会、鵜飼が調子に乗って。それはいつもだけど、代表や僕が注意しても聞かないから、重盛先生が強めに叱ったんだ。そうしたら急に怒鳴りだして』

「ど……鵜飼さんが？　重盛先生にですか」

『「そうやって、よってたかって俺を叩けば丸く収まると思ってるんだ！」って』

私が絶句したのを、日下さんがどう捉《とら》えたのかはわからない。心配そうに『気分のいい話じゃないから無理しないで』と言われたので、大丈夫です、とだけ答える。

『「学校でも会社でもそうだ。みんな都合の悪いことを隠しているくせに、俺がなにかしたタイミングで責任を全部押しつけて、自分は失敗しないような顔をする。俺は社会の生贄《いけにえ》だ！」って……ひどい荒れようだった。僕が止めようとしたらますます暴れて、あいつの振り回した手が運悪く、ゲストのマネージャーさんの頰に当たってしまって』

はー、と間の抜けた音が口から出た。いつもの鵜飼さんの姿といまの日下さんの話が合致せず、甘いと思って食べたものがしょっぱかったみたいに脳が軽く混乱している。

『だいぶ暴れるから、重盛先生のお弟子さんたちが総出で押さえてくれて、そのあいだに鵜飼のご家族に迎えに来てもらったんだが』

「鵜飼さん体格いいのに、よくご家族が来るまで押さえておけましたね」

『それはどうでもいいの』

強く割って入ったのは代表だった。叱るというよりなにか隠すような口調だったけど、反射的に「すみません」と謝罪が出た。鵜飼さんならきっと、言外の圧など無視して代表の態度をずけずけと追及しただろう。

『鵜飼には、なんらかの処分をしないといけないでしょうね。ゲストとマネージャーには私からも直々に謝罪したけど、事故とはいえ吹聴《ふいちょう》されたら信用に関わるから。先手を打つに越したことはないし、決定次第、あちらを直接訪問して釘《くぎ》を刺すつもり』

「吹聴……言いふらすってことですか」

『重盛先生が心配してるの。テレビに魂を売った日本の芸人は、目立つためならなんでもする。文章なんか書く自己顕示欲の強い女ならなおさら尾ひれをつけかねないと』

代表が淡々と放った言葉を、私はしばらく理解できずにぼんやり転がしていた。

『あの恩知らず、とんでもないことしてくれたわ』

そして悪いことに、吐き出すべきだったのかもしれない、と気がついたときにはそれを飲み下していた。ドロップだと思ったものがおはじきだったように、この先お腹が痛くなるかもしれないし、喉《のど》が詰まって死ぬかもしれない。でも、とりあえずは消化されるのを待つしかないし、それまでは忘れるしかなかった。

『後々爆発するくらいなら、どうしてその場ですぐ言わないの？　こっちは精一杯、社会性のないあいつがのびのび働ける環境作りに努めたのに。勝手に我慢して「わかってくれない」と騒がれたって、エスパーじゃないんだから当然でしょう。いい迷惑』

まったく、とうなずいたのは日下さんだ。

『飼い犬に手を噛まれるとはこのことです』

私はなにも言わなかった。ただ、世間には「その場ですぐに言う」ことができない人のほうが多いんじゃないかと考えて、それは鵜飼さんだけじゃなく、こうして黙って聞いている私もそうなんだろうかと思った。

『みんなも今後はなにかあったら見て見ぬふりをせず、ささいなことでも違和感を覚えたら、お互い報告しあって環境改善に努めてね』

はい、と日下さんが答える。それからなんとなくふたりの目線を感じたので、やっと私も返事を求められていることに気づき「はい」と答えた。私も、知らないうちに鵜飼さんを追い詰める側に回っていたのだろうか。ただ、自分がいられるからここにいただけで、なにも気づかなかったし教えられなかったのに。

私はほのちゃんをうらやんだことがなかった。並ぶのが恥ずかしいくらい小さな顔も、炊き立ての新米みたいな白い肌も、まぶしくはあっても欲しくはない。自信があるのではなく、単純に自分とは縁遠いものだと知っていた。ただ、ほのちゃんはどこに行こうがきっと、こんなよくわからない暴発には巻き込まれない。意外と「ただそこにいるだけ」をうまくやるにも才能がいるらしいし、いまは無性に、それが欲しかった。

『あと、昨日付けで小田嶋さんは辞めるという連絡がありました』

えっ、と驚いたのは日下さんだけで、私はうすうす予想していた。契約職員が相手とはいえ、職場の人間にあそこまで言っておいて続けるのは無理だと彼女もわかっていたはずだ。ただ、なにか知っていると勘繰られたら面倒だから、いちおう「えっ」の顔はカメラ越しにもわかるように作っておく。

『鵜飼の件が原因ですか』

『そうでしょうね。でも、鵜飼以上のモンスターなんて業界にはごろごろいるのに。うちなんか甘いほう。あれくらい、しかもインターンという守られた立場で音を上げていて、他でやっていけるとは思えないけど』

代表は厳しく言ったけど、さすがに同時に裏切られたダメージは大きいらしい。ふっと息をついて椅子に体を預けた。長時間の作業を想定したゲーミングチェアではなく、権力者にだけ許された高そうな革張りの椅子。

『あの子くらいの年齢のとき、私は人間以下の扱いをされてきたの。それを繰り返したいとは当然思わない。そのために独立したし、鵜飼みたいな、よそでやっていけない職員も面倒見てきたんだからね。でも、若いときはどんな仕打ちも上から根性論で済まされて、困難に耐えてここまで来たら今度はコンプラ違反だモラハラだと下からやり込められて。いちばん割を食っているのって、私たちの世代じゃない？』

さすがの日下さんも「そうですね」とは言えないのか、沈黙が漂う。

『言ってはいけないことなのはわかってる。でもみんな、なんのため、だれのために怒っているんでしょうね。感情的に攻撃されて、つとめて冷静に反論すれば「老害」の一言で封じられる。私だってあと何年かは働いて生きなきゃいけないし、なんでも許すわけには

「なんで怒らないんですか？」


いかないのに。それこそなんのため、だれのためにに苦労してきたのか……まあ……』

日下さんと私はしばらく待ったけど、代表はその続きを口にしなかった。長い沈黙の末にぽんと手を叩いてようやく出したのは、さっきの時間、そして鵜飼さんと小田嶋さんの存在なんてなかったような『会議を始めましょう』の一言だった。

ミーティングが終わり、お疲れ、と真っ先に代表が退室した。しゅんと枠が伸縮して、画面内に私と日下さんが並ぶ。いまを逃すともう訊けなくなる気がして、私は退室しようとする日下さんに「鵜飼さん、けっきょくなんで怒りだしたんですか？」と訊いてみた。

『さあ。いろいろ溜まっていたんだろうね』

「そうですよね。ただなにか、きっかけみたいなものがあったのかなって」

『べつに直前まで普通だったけど……』

そう言いつつも日下さんは記憶を掘り起こすように上を向き、鵜飼さんと違って脱毛してつるつるの顎《あご》を撫でさすった。

『鵜飼がしきりに音楽というか、アイドルの話をしていたな。それを先生が「もっと学びのあるものを聴け」と叱って、鵜飼が「海外のアイドルはレベルが高いしメッセージ性もある」なんて言い訳するから……まあ……先生も酔っていらしたし、とっさにね』

言葉にするうちに思い出してきたのか、日下さんがどんどん歯切れの悪い口調になる。

もういいだろ、というオーラに気づかないふりをして無言で粘っていると、やがて根負けしたように溜息をつかれた。

『「精神が童貞だから御しやすい女を好きになる。アイドルなんかしょせんどこの国でも権力者の奴隷、教養があればまともに聴けたもんじゃない」と』

「……それ、小田嶋さんも聞いてたんですか」

『どうだろう、覚えていないな』

本当か嘘かわからないけど、どちらにせよこれ以上の追及は無意味だ。そうですか、と私は答え、日下さんになにか訊かれる前に「お疲れさまです」と退室した。

Ｓｌａｃｋを立ち上げてみる。鵜飼さんにメッセージを送ろうか迷ったけど、言うべきことはとくに思いつかない。ただ、彼のアイコンを眺めるうちに違和感を覚えた。フィルターで詳細をぼかした若い女性の写真。代表は「奥さん」と言い切ったけど、日下さんが結婚は妄想だと勘繰るくらい家族の気配を匂わせたがらなかった鵜飼さんが、社内ＳＮＳのアイコンなどというだれになにを言われるかわからない場所で、無防備にパートナーの写真を使うとは思えない。

断言できる。私がそうだから。

履歴を遡り、鵜飼さんが珍しく反応したネットニュースのリンクを確認した。サンダーボルト、ベルと検索エンジンに名前を放り込み、思い立って「花野井大介」も追加する。トップに来たのはよく日下さんがＵＲＬをシェアする大手ニュースサイトではなく、韓国

「なんで怒らないんですか？」

アイドルのファン向けの情報サイトだった。

——ベルは日本の「あしながおじさん」にメロメロ？

サンダーボルトのベルがインスタグラムで公開した「謎のプレゼント」の贈り主が、日本の大御所芸能人である花野井大介氏だったことが判明した。

グループ初の来日公演の直後、ベルは「あしながおじさん、約束を守ってくれてありがとうございます♡」というメッセージとともに、一個三千円の焼肉弁当が大量に積まれた舞台裏の写真を投稿。後日の生配信で「あのお弁当はだれから？」と質問を受けて「日本で出演した番組の司会者の方」と正体を明かし、「娘さんが私と同い年らしい。私がいつも食事制限しているのを心配して、深刻にならないよう冗談まじりに気遣ってくれた。ぜひ日本のおいしいものを食べさせてくださいとお願いしたら、本当に差し入れしてくれたので驚いた」と説明した後「恥ずかしいから秘密にしてほしいと言われたのに話してしまった」と笑った。この事実を受けて「さすが日本の一流芸能人、格が違う」「ダイエットに口だけ出すおじさんが多い中、カロリーを使うライブに差し入れするのは粋《いき》」など、スマートな対応に称賛の声が集まった。

また、花野井氏が一部ネットユーザーの批判を受けた件で「番組を見たユピテル（註《ちゅう》・サンダーボルトのファンの通称）だけど、花野井さんはわざと憎まれ口を叩くことで負け役を引き受けてベルを立ててくれた。文句を言う人は切り抜きしか見てないと思う」「興味もないのに韓国のアイドルを持ち上げて『これだから日本は』とか対立を煽《あお》るおじさん、流行に媚びれば好感度稼げると思っててウザい。両方好きな自分は単純に不愉快」「さりげなく炎上を鎮めたベル、さすがサンダーボルトの最強リーダー！　この優しさを騒いでいた人も見習って」と、本人を無視した暴走を問題視する声も上がっている。

コメントのトップに来ているのは『花野井を批判したのは重盛源か。花野井の冠番組で抜き打ちテストされて、ひどい結果になったのをイジられてマジギレしてから扱いづらってテレビ干されたの有名だよね。逆恨み丸出し』という意見で、次に『これは花野井が下心あったでしょ。ベルに秘密にしろって言ったのも口説こうとしたからだって見え見え。美談になってるのおかしくね？』という、正反対の見解が並んでいる。そこで文字を追うのはやめた。私には、記事の内容より添えられた写真のほうが重要だった。サイトの違いか被写体の違いかわからないけど、適当に拾ってきたものではなさそうだ。なにかの会見中らしい、きちんとメイクをしてかぐや姫みたいな黒髪を下ろした女の子の全身写真。ハイカットのボディスーツにショートパンツという大胆な格好をしているのに、長身で迫力のある体にはむしろそれがパリコレモデルみたいにしっくり来て、少なくとも「下品」には見えない。それでいて顔は小動物系だから首から下と別人みたいだ。たぶん、彼女のフアンになる人はこのギャップに落ちるんだろう。

若くてきれいな女の子の顔なんて、普段なら見分けがつかない。それなのにひと目見た瞬間、知ってる、と思った。理屈ではなく直感で、見知らぬ海外のアイドルと、ぼんやり認識していただけの鵜飼さんのアイコンのあいだが音を立ててつながった。

しばらく目を閉じて、ふたつの記事の内容を頭の中で横に並べ、その横に日下さんの話を置いた。そして、それぞれの主張を擦り合わせてみようとした。重盛先生が正しいか間違っているかはどうでもよくて、花野井大介がスケベオヤジか紳士か両方かなんてもっとどうでもよくて、ただ、いきなり暴れ出したという打ち上げの日に、鵜飼さんの頭の中でなにが起こっていたのかを知りたかった。

だけどすぐ、それも真実と同じくらいどうでもよくなった。

焼肉弁当の写真を見ていたら、仕事なんかろくにしていなくてもお腹が空いてきた。下の白米が見えないほど箱いっぱいに敷き詰められた肉、野菜は申し訳程度のカクテキとナムルだけ。一面ほぼ茶色で彩りもバランスもあったものじゃないけど、理屈を抜きにして暴力的に食欲に訴える力がある。

子供なんて男女関係なく、実際はそういうもののほうがよく食べる。私自身を振り返ればあきらかだ。森に見立てたブロッコリーやお花の形のニンジンでお弁当箱の場所をとるくらいなら、唐揚げやハンバーグで埋め尽くしてほしい。でも、そんなの問題じゃない。

昔から工作が好きだった。適当な材料をかき集め、切ったり貼ったりして実物以上の意味を吹き込み、ようやく完成したまやかしの命がこちらを見上げてくれるときだけは、自分に価値があることを感じられた。職場でキャラ弁の是非に関するディベートが交わされるのを見ながら、私は心底不思議だったのだ。親の自己満足、そんな当たり前のことに、どうして目くじらを立てたり言い訳をしたりするんだろう？　こんな賢い人たちが、味方を作って理由をつけないと、なんにも好きにも嫌いにもなれない。まるで子供。いや、子供よりずっと窮屈だ。自分は正しいものしか好きにならないし、間違ったものには決して惹《ひ》かれない、そうでなければならないと思い込んでいるのだから。

好き、嫌い、イヤだ、ムカつく。みんな、それだけのことをずいぶん遠回しにしないと伝えられない。誰彼かまわず手を取り合って、理屈をつけないと認められない。そのうち作り上げた正義を守ることに必死になって、自分は間違ったことは考えないと信じ込み、ついには本心なんかどうでもよくなる。私に言わせれば、牛乳パックのロボットを大事にするあまり実の子供を捨てるようなものだ。つぎはぎの紛《まが》い物は、一瞬だけ強烈に愛してすぐバラバラにしてしまうから価値がある。

最初から、分け合おうとなんてしなければいい。だれかわかってくれるかもしれない、自分は間違っていないかもしれないなんて、無駄な期待をしなければいいのに。

キッチンに行き、放置していた余り物を大雑把に皿に盛る。子供の小学校では週に一度お弁当を持っていくので、そこで練習の成果はひと区切りだ。代わりに自分の食事は切れ端の寄せ集めになるけど、胃に入れれば一緒。脚立をキッチンチェアの代わりにして、コンロの横に座ってスプーンを右手で口に運びながら、目と左手はもう、インスタで次のデザイン案を探している。ハロウィンを終えたらすぐクリスマスに意識が向く人が多いけど、個人的にはイベントに頼りすぎてもバリエーションが広がりにくい気がする。いまの時期にはまだちょっと落ち着いた目線が欲しい。たとえば、作り手が年輩の男性とか。

　そこまで考えたときにはもう、フォローリストから「三歳ムスメへのパパ弁日記」こと鵜飼さんのアカウントを辿《たど》っていた。

　彼は、私にＳＮＳを見られていることを知らない。アプリ側が端末に登録した連絡先をもとに、片っ端から知人の首を差し出してくるシステムすら把握していないだろう。私のアカウントは非公開設定だから、フォロワーに紛れていることを気づかれる理由はなにもない。なくなるよう心掛けている。リアルな視線に気づいたが最後、あの人は純粋な情熱で満たされた美しい箱庭を、つまらない自意識で歪《ゆが》めてしまうだろうから。

「三歳ムスメへのパパ弁日記」は、クオリティの高いお弁当の写真を毎日投稿することで人気を博している。写真は構図にも彩度にもこだわったものが一回につき五枚ほど、文章は献立と「まぜごはんは傷みやすいので夏は白米ベース」「ショートパスタは不評　大人のようにすすりたいらしい」といった覚え書きだけ。格調高いレストランの無駄のないメニューみたいだ。他のアカウントのように、家族愛をアピールしたり苦労を切々と訴えたりしてせっかくの成果物に手垢《てあか》をつけないのも心地いい。同じように考える人が多いのか、数千人に及ぶフォロワーが熱心に「いいね！」やコメントをしていた。

それだけの人気アカウントが見当たらない。まさか消してしまったのか、それとも気がつかれてブロックされたのかと焦りかけたとき、フォロー一覧の中に覚えのあるＩＤを見つけた。とっさにわからなかったのは、アイコンの写真と名前が変わっていたからだ。作り手の技術を物語っていたゆるキャラを模したおにぎりの写真は、真っ黒な丸に。名前は「夫が職場で受けたパワハラを告発します byパパ弁妻」に。

アプリを閉じて暗転させたスマホを、シンクの隅の三角コーナーに放った。

その横に食べ終わった皿とスプーンを置き、最大出力で水を流す。真っ黒な画面に水滴がかかるけど、最近のスマホはそんなことでは壊れない。洗い物を終えたら今度は米を研いで炊飯器のスイッチを入れ、流しっぱなしの水を電気ケトルにたっぷり汲《く》んで沸騰させ、さらに冷凍庫からお中元でもらった牛ブロック肉を取り出して流水解凍しておく。みんなでどうぞ、と義母から贈られたものだけど、家族には教えていない。いつか急に振る舞って驚かせようと思ったきり、さっきの焼肉の写真を見るまで忘れていた。

オーブンは二百度に予熱。ガス給湯器のタッチパネルで水温を四十五度に設定。さらに「自動」ボタンを押すと機械音声が「湯張りします」と宣言したので、キッチンを出て浴室でバスタブの栓を閉める。リビングに戻ると足元が冷える気がして、リモコンで暖房の温度をいつもより五度上げて稼働させた。料理をしていると体温が上がるから、いつもは多少寒くてもわざわざつけないけれど。

その間にも、シンクの中でスマホは画面を明滅させては通知を表示する。代表は鵜飼さんやその身内が連絡してきても答えないよう注意してきたらしい。日下さんは名誉毀損《きそん》で法的に訴えるべきだと提案している。当の鵜飼さんからは個人のＬＩＮＥにメッセージが来たけど、送ったのが本人かどうかは疑わしい。忙《せわ》しないやりとりの合間に、夫からも『ちなっちゃんの勤務先だよね？』とＵＲＬが共有される。さっそくＳＮＳでアクセス稼ぎのネタになったんだ、みんな人の不幸に便乗して正義を主張するのが好きだから。さんざん読みたくもないネットニュースを共有されてきたせいで、開く前から本文やコメントの内容まで想像できる。小田嶋さんのドヤ顔が目に浮かぶみたいだ。もういいから水没してほしいと思うけど、スマホはしぶとく仕事を続ける。目につくだけの家電を高温で稼働させても、ブレーカーだっていっこうに落ちてくれない。

私は、職場の人たちと一緒にパワハラで訴えられるんだろうか？

どっちでもいい。だれが正義でも、自分がどっち側でも関係ない。あの美しい箱庭が失われた世界なんて、いますぐにでも終わってくれてかまわない。鵜飼さんも、その妻も、勘違いをしている。数千人のフォロワーは素晴らしいお弁当の世界を見たくて集まっていたのであって、あなたたちの人生に興味はない。悪者になりたくないから一度は同情してみせるだろうけど、すぐに飽きて、次の暇潰《ひまつぶ》しを探し出す。あんなちっぽけなＮＰＯのために本気で怒りつづけられるのは、愚かで短気な女子大生くらいのものだ。悔しいのは、そんな相手の見え透いた挑発に最後の最後で乗ってしまったことだけ。

返事がないことに業を煮やしたのか、ついに直接、電話がかかってきた。出なかったし発信者も確かめなかった。それよりいまは、うちでいちばん大きい入れ物に米と肉を敷き詰めて、一刻も早く食べ尽くすことのほうが大事だった。家族には貧相なお弁当を持たせ、自分は高級なお肉を独り占めしてしまうなんて、もしだれかがいまの私を見たら、きっと残酷で冷たい女だと思うだろう。そして許せないあまり、そんな女になった原因を血眼になって探すだろう。夫に大事にされていない、子供のことを愛せない、浮気をしているかされている、生まれながらのサイコパスである——正解を探り当てようと憶測を重ねても、本当の真実に行き着く人はだれもいない。私は二度と、気持ちよく怒るために人の事情を利用しようと、無遠慮に伸ばされてくる手なんかには捕まらない。外は焼け焦げて内から血が滴り滾《たぎ》るようなこの心を、理解という名の暴力に晒したりしない。

だれにも明かさない。決して渡さない。私の怒りは私だけのもの。おまえらなんかに分けてやるかよ。

人の整形にとやかく言う奴ら

初対面の相手でも、人の顔を見ると受けた施術の履歴がわかる。行ったことのない場所が目的地でも最短経路を示せる地図アプリと同じで、元の顔なんか知らなくても、どこに注射針を刺し、メスを入れ、なにをどれくらい注入したのか浮き上がってくる。好きでも嫌いでも関係なく、ただ、わかるからわかってしまう。

二十歳のとき、同じ制服を着た百人の美少女をいっぺんに目にしたことと、刻々と減っていくとはいえ彼女たち全員と合宿所で寝食を共にした経験は、この要らない能力ときっと無関係じゃない。アイドルグループの一員になるために国を越えて集まった私たちを、みんな一緒で見分けがつかない、この多様性の時代に、とバカにする人もいた。でも、私からすればひとりひとりが個性の塊だった。細い手足やなめらかな肌は、番組に用意された制服と同じ。そこが共通しているのは当然で、全員にそれぞれにしかない美しい部分があった。あの子の長い首にはしわひとつない、あの子の頭は食堂で出たチュモッパより小さい、あの子の完璧《かんぺき》な鼻筋ですべり台をしたい。もちろん判断材料は容姿だけじゃないけど、少なくともあれだけの候補者がいたのに、三ヶ月間のオーディション番組の放送中、視聴者から一票も集められなかった子はいなかった。

「ホルモン三種盛りでーす」

日本人か韓国人か絶妙に判別しづらい棒読みで、若い店員が銀のお皿に載せたタレ浸しの肉を運んでくる。シマチョウミノレバーでーす、と早口言葉みたいに説明されたけど、口元に目が行っていたせいでどれがどの肉か確認しそびれた。最近はマスクを外して接客する店も当たり前に増えたから、よりわかりやすい。髪を金色に染め、ピアスを両耳につけて、たぶんカラコンもしている、けど。

矯正はしてないんだ。

歯列矯正は、韓国焼肉屋のバイト代で気軽に払えるほど安い買い物じゃない。デンタルローンを二十四分割で払った私がいちばん知っている。なにせ医療保険がほとんど適用されない。歯並びの悪さが人体に及ぼす悪影響を声高に叫び、８０２０《ハチマルニイマル》運動なんて提唱しておきながらひどい矛盾だ。政治のことはわからないけど、厚生労働省の役人は仕事ができないと思う。私だって払いたくなかった。だからやらない人を責める気はない。

ただ、頭の片隅でほんの少し、あ、してない、と声がするだけ。わかるからわかってしまう。自分の歯を直すために、いろいろな人の歯を見比べて、理想の歯並びについて考えつづけてきたから、すっかり歯を中心とした回路が脳に完成してしまった。進化の過程で側頭葉とか前頭葉とかが発達してきたのと、たぶん似た感じ。

シマチョウっぽい肉片を網に載せて、マッコリのヨーグルト割りを飲みながら焼けるのを待つ。移動中に調べておいたひとり客歓迎の店で、カウンター席に面した壁に設置されたモニターからはずっとK－POPのMVが流れてくる。それをじっと眺めても、そこに自分が参加した番組からデビューした子たちが映っても、なんとも思わなくなるくらい五年は長かった。オーディションに落ちて、韓国で所属していた事務所を辞めて、帰国してすぐ矯正歯科を探して、地元に戻っても月に一度、調整のために東京に新幹線で通って、二年間つけていた矯正器具が外れて食事を楽しめるようになるくらいには、長かった。

あ。ユキちゃん、前歯セラミックにした。

カムバックと呼ばれる活動期間が明確で、ショーケースや音楽番組などの人前に出る機会が新曲発売後一ヶ月にほぼ集中している韓国のアイドルは、日本のアイドルより仕事量に波がある。期間中のスケジュールが殺人的なぶん、長めにオフが取れることも多い。韓国のアイドルが日本よりビジュアルがいいと言われがちなのは、体質や骨格差もあるかもしれないけど、大胆なメンテナンスをしやすいのも一因だと思う。小刻みに予定が入る働き方では、シミ取りのダウンタイムも満足に確保できない。

私は最終選考の直前、百人が六十人になり、六十人が三十人になり、三十人が十五人に絞られるところで脱落した。十五人がファイナルに進み、最後まで勝ち残った四人で結成されたのが、モニターの中で踊っているサンダーボルトだ。とくにユキちゃんとは日本人同士で話す機会が多く、彼女は歌、私はダンスを教え合う仲だった。ボーカル志望で口を開ける機会が多い彼女はちょっと八重歯が目立って、顔がクールなので私はそれぐらいのほうが抜け感が出てかわいいと思っていたけど、デビューしてすぐに矯正したらやっぱりぐっと垢抜《あかぬ》けた。それでも、まだ伸びしろがあったらしい。

「うわっ、こいつ絶対やってんじゃん」

そこそこうるさい店内に響くような声で言ったのは、私の後ろのテーブル席にいたカップルの男のほうだった。女のほうも「あーやったね」と同意している。

「整形しすぎで個性死んだよね。前のほうがよくなかった？　引き際わかんなくなってんのかな。将来考えてるのか心配だわー」

「わかる、てか目もやったよね。ほら見て、昔の写真と全然違う」

ワイヤレスイヤホンを耳に差し込み、スマホにダウンロードしておいたポッドキャストを再生しながら店のＷｉ－Ｆｉに接続する。涙袋のサイズが違って、左右で別人のように横顔の印象が変わるユキちゃんの目はあきらかに天然物なのに。人の整形に声高に目くじらを立てる人ほど、揚げ足を取りたいあまり真実を見誤る。

熱で丸まっていくホルモンを見ていると、なんだか愛着が湧いてきた。トングでひっくり返しながら逆の手でスマホのカメラを起動し、動画を撮影する。頃合いになったところでまたトングを使って取り上げ、小皿に置き、撮ったばかりの短い動画をチェックする。うん、いい感じ。本当は肉の焼ける音までみんなに届けたいけど、店内のＢＧＭ（しかもサンダーボルトの新曲）や他の客の声も入っているから、残念ながらこっちはカットだ。

数秒の動画をさらに編集し、インスタにログインして投稿するまでに三分とかからなかった。まだ熱いホルモンをワイヤー矯正で鍛え抜いた奥歯で嚙《か》みしめ、味というより歯ごたえを二十回堪能《たんのう》して飲み込み、またスマホを確認したらもう「ほるもんげんきだもん」なんて悪ふざけの投稿に「いいね！」がついている。最近ハマっている炙り杏仁のポッドキャストから「#112　人の整形にとやかく言う奴ら」を爆音で聴きつつ肉を焼くあいだにも、どんどんコメントが増えていく。週末でもないのにやけにペースが速い。

『すみれちゃん投稿ありがとう！　焼肉おいしそうだね』

『すみぽん酔ってんな～（笑）ご機嫌なのが伝わってきて可愛い』

『あの爆美女ダンスクイーン由良《ゆら》すみれ様が焼肉屋でホルモン焼けるのウキウキで撮ってるとか、ギャップ萌《も》えでしかないんだが？』

『おスミのこういうところは番組中に見つかるべきだった　人間らしい弱さや隙を見せないから誤解する視聴者が多かったのが票が伸び悩んだ原因だと思う　もったいない』

『こうして新しい魅力に気づくたびにデビューさせてあげられなかった自分を恨んでる。すみれちゃん、力不足でごめんね……』

『我々スマイル団はずっとすみれがファイナルに行くべきって言ってきた。アリスの件でいまさら後悔してる奴らは遅すぎ。すみれを落とした自分たちの見る目のなさを恥じろ』

……思った流れと違う。ホルモンでコメントが荒れるとかある？　さすがに行き過ぎた投稿には『人を悪く言うのはやめましょう、すみれちゃんはそんなこと望んでいません』と注意が返されているけど、なんとなく、全体的に悪い雰囲気に傾く流れができている。

『元「雷鳴少女」視聴者です。昨日のアモチャンを見て、スミレちゃんが懐かしくなって検索で辿《たど》り着きました。スミレちゃんもファンのみなさんも見てみてください、元練習生のマナちゃんが当時のことを話しています。多くの人に真実が伝わりますように』

油でぺとぺとしたテーブルにスマホを伏せて、最後にとっておいたレバーを焼く。私はレバーがいちばん好きだから集中して食べたい。後ろのカップルの会話がイヤホンを突き抜けてきそうで、ノイズキャンセリングの代わりにボリュームを上げる。

『考えすぎやと思うけどなあ。相手は褒めてるつもりやったんやろ？』

『だとしてもセンスを疑うわ。芸人なんてウケてなんぼの職業じゃん。そのために面倒な表舞台で戦ってるのに「時代が追いついていないことを誇れ」ってお門違いすぎ。こっちは来世で評価されたいんじゃなくていま目の前の客をひとりでも多く笑わせたいから、そのために有名になる手段として賞レースで勝ちたくて悩んでるって言ったんだが？』

『それは立派やけどお……』

『あと、そういう台詞《せりふ》で褒めたつもりの人って、自分がそう言ってほしいんだよね。そいつの「俺は大衆に迎合しないだけで違いがわかる人間です」ってアピールに利用された感じも腹立つ。託すな、こっちにおまえの社会への鬱屈《うっくつ》を』

『もー、あんたと話すと人褒めるの怖なるわ。なんでも曲げて捉《とら》えるやん！』

『違いがわかるアピールといえば、整形したっぽい人について話すとき「前のほうがよかった」的なことドヤ顔で言う奴の心理ってなんなんだろうね。見るたびに謎なんだけど』

『そりゃあ、あんまり無理せんと自然がいちばんってことなんちゃうん』

『いや、だとしたらすぐやめな？　それで「器が大きいのね♡」とか好感度上げてくれる女子いないから。その場で直せないものを指摘して他人の努力を否定して、自分がされたらどんな気持ちになるか想像できないかな。かわいい子が自分の好みに合わせてくれるって当たり前に思えるのも意味不明だし』

『まあ、好き好きやもんな。やりすぎるとみんな一緒の顔に見えるから、個人的にはほどほどがええと思うけど。将来も心配やし』

『だからそれ。違いがわかりますアピールより腹立つのがいまの田丸みたく、将来が心配とか「よかれと思って」アピールしてくる奴ですよ。そんなの本人がいちばん悩んだ上で決めてるし、その子の親も主治医もあんたよりは頼りになるから。あと、その程度で人の個性がわからなくなるのは、単純にあんたの目が節穴なだけでしょ！』

イヤホンの接続が切れ、この音声が店中に流されるところをほんのり妄想する。実際に一度、ビジネスマンでごった返す新幹線の待合室で『若い女が気遣って相槌《あいづち》打ってるのを

「俺が盛り上げてやらないと話が続かない」って勘違いしてしょーもない話一生続けるおっさんたち、そもそも相手はあなたと話しつづけたくないから盛り上げてないんだって気づいたほうがいい』なんて爆音で響かせてしまったからありえない話じゃない。しかも慌てすぎてすぐに再生を停止できず、トークの『おっさんが若者の前で老害にならない方法は黙ることだけ』という締めの部分までしっかり流れてしまった。ただ、起こってほしくないときしか起こらないのがミスだから、残念ながら今回はなさそうだ。

歯を削ってセラミックを被《かぶ》せることがノーリスクじゃないのは当たり前だ。それでも、一度しかない人生でもっとも写真や動画に撮られ、人から見られ、記録にも記憶にも残る時期に少しでもきれいでいたいのは当然だと思う。ユキちゃんだけじゃない。リリーは笑ったり口を大きく開けたりしたときに広めの小鼻が強調されないよう、ボトックス注射で抑えている。番組中からアンチにそこをネタにされて病んでいたし本当は鼻フルをしたいんだろうけど、一方で「整形で手に入らないナチュラルさが魅力」なんて声もあるから踏み切れないらしい。ベルは番組前に二重整形を済ませていたけど、デビュー後にバックダンサー時代の写真、それもいちばん微妙な写りのものが悪意を込めて拡散された。もちろんいい意見のほうが多いけど「一重のほうがミステリアスでよかったのに、いじって量産型の女になった」と批判も後を絶たない。

さすがに脱落後しばらくは、こんなふうにサンダーボルトのことを冷静に考えられなかった。いまだって自転車を漕《こ》いでいるときや嫌なことがあった夜のお風呂《ふろ》の中なんかで、せめてファイナルに残っていたら結果は違っていたかもしれないと夢想することはある。でも、それだけ。私はなりたいようになれる。したければ整形できる。将来が心配、自然がいちばん、前のほうがよかった、なんて声から逃れて、自分の体を思いどおりにできる権利。たぶん、名声を得たすべての人たちが犠牲にしてきた「普通の生活」と呼ばれるものを、取り戻せて本当によかった。

ひととおり食べ終わり、バニラアイスとホットのコーン茶を追加注文する。お腹がいっぱいになって心も落ち着いたせいか、お肉おいしかったな、ともう思い出を噛みしめ直したくなった。ポッドキャストを止めて、さっき撮影したホルモンの元動画を再生する。熱から身を守るようにぐるんと丸まるお肉、じゅうじゅうと煙を立てて脂がはぜる音。うっすら聞こえるサンダーボルトの新曲のサビとカップルの話し声。

『このセンター、最近炎上してるよね?』

『見るからにわがままそうだもんなー』

振り向くとテーブル席はとっくに空いていて、ホルモンを運んできたさっきの店員が、前に突き出した歯を覗《のぞ》かせながら新しいお客さんを案内してくるところだった。

――アッモーレ! 韓流情報チャンネル「アモチャン」始まりました、アイドルみーんな大好き、なんでイタリア語やねんアモーレおじさんことアモおじです。さて今回はスペシャルなゲストがいますよー。うちの視聴者なら説明不要でしょう！　紹介します、あの人気オーディション番組「雷鳴少女」の元練習生、マナこと若林真奈《わかばやしまな》ちゃんです！

『どうもーこんにちは、マナでーす！』

——いやー緊張しちゃいますね、なんせ僕ずっとリアタイしてましたから。なんかもう、画面の中の人だ……！　みたいな？

『こちらこそですー、練習生のあいだでもこのチャンネル話題になってたので！』

——えーっ、マジでー⁉

マジではある。ただ「ファンの子に『アモチャン見てる？　○○ちゃんのこと褒めてたよ！』とか言われると反応に困るんだよね……」というグレーな形で。そんな含みをまったく匂わせない真奈の表情管理は、ステージに立たなくなっても健在だ。

アモチャンの主なコンテンツはアイドルの新曲MVやライブの感想なんかを語る動画だけど、話題になるのはそれに紛れてアップされる「炎上系」だ。ただ、燃えるのはアモおじ自身じゃない。アイドルやその練習生がなにか、悪い意味で目立つ行動をするとすぐ動画にして「ご意見お待ちしています」と呼びかけ、集まった中でも極端な声を「続報」として出し、そのころには消えかけていたような話題でも蒸し返して再燃させる。基本は無邪気なアイドル好きというスタンスだから、私は脱落後に初めてSNSでこの人が「アイドルにたかって数字を吸い上げる害虫」呼ばわりされ、その手法が「クズの二毛作」と揶《や》揄《ゆ》されているのを知ってようやくモヤモヤの答え合わせができたのだった。

――それにしても顔ちっちゃいねー、おじさん隣に並ぶの恥ずかしいんだけど！

『そんなことないですよぉー』

矯正が終わってもしばらくは、食事のとき以外歯並びを安定させるためにマウスピースをつけなくてはいけない。リテーナーと呼ばれるそれが外れそうなほど歯が浮く会話を聞きつつ、動画のコメントを流し見する。マナ久しぶり、かわいい、という声に紛れてすぐに『告知でアモおじが「練習生降臨！」って煽《あお》った時点でコイツだと思った　過去に執着しすぎ』という投稿があった。返信する形で『一次落ちの奴らは数字が取れないからアモおじが見向きもしないし、三次以降に進む子は危機管理しっかりしててアモおじなんかに近づかない』と補足されている。コメントは「いいね！」が多いと読みやすい場所に上がるから、同意が多い感想らしい。真奈への礼儀としていちおう誹《ひ》謗《ぼう》中傷で報告しておく。

一次、二次、三次、ファイナルのうち、真奈は二次選考で落ちたメンバーだ。最終順位は百人の練習生のちょうど真ん中の五十位だった。その後しばらく現地で練習生を続けたけどそこでもデビューできずに契約切れになり、帰国後はフリーでインフルエンサーやタレントとして活動している。メディアに出るときは、もっぱらオーディションや芸能界の裏側を知るご意見番として当時の裏話を求められることが多いらしい。

ただのおじさんに比べて小顔だね、なんて、真奈の努力量からすれば褒め言葉にもならない。上位の練習生たちからも、真奈のぱっちりしたアーモンドアイや守りたくなる華奢《きゃしゃ》な肩は羨望《せんぼう》の的だった。ボイストレーナーの先生に「クリームのような中毒性のある声」と言われた歌声を聴き、感動で涙ぐむお客さんを舞台上から目撃したこともある。たしかに自分で輝く力を持っていた彼女が、いまやこんな形でないとカメラの前に出られない。

もし、真奈の場所にいるのが私なら、私のファンのみんなはどう思うんだろう。

――マナちゃんは、いまでも練習生の子たちとは連絡とってるの？

『はい！　仲いい子とは最近もユニバ行きましたしー』

真奈が言うと、画面の左下に彼女のＳＮＳにも載っていた集合写真が表示された。五年も経つとみんな化粧や髪型も変わっているし、テーマパークの被り物やサングラスの存在感が大きすぎて、私ですらテロップに頼らないとだれがだれだかわからない。

――へー、そうなんだ。他にはー？

『そうだなー……えーと、あ、スミレちゃん！　先月くらいかな。会いました！』

急に自分の名前が出て、思わずアモおじと同時に「へ？」と言ってしまった。

不自然なほど細く固められていたアモおじの目が見開かれ、すーっとゆっくり元に戻る。眼輪筋ボトックスのビフォアアフターみたいだ。アイドルに詳しいと自称するわりに、目と唇に力を入れれば「感じのいい笑顔」が作れると思っているらしいアモおじは表情管理の難しさをわかっていない。獲物が飛び出してきた瞬間のハゲタカの眼差《まなざ》しは、顔の表面をちょっと動かす程度でごまかせない。動画の下の再生バーはこの直後にもっともリピートされた部分、テレビでいう瞬間最高視聴率の盛り上がりが来ることを示していた。

——スミレちゃんってあの？　元気⁉　えーっ意外、仲よかったんだー！

『はい、元気ですよー』

今度はワイプではなく画面を切り替える形で、私と真奈のツーショットが映った。私が先月上京したとき撮ったものだ。同じ写真を見ているのだろう二人の声がそこに重なる。

——うわー、スミレちゃんますますビジュ爆発してる！　いまなにしてんの？

『えーと、お仕事がんばってるみたいですー』

——こんな子が一般人なんて、ほんともったいないよね！　でも、そういう潔いところもスミレちゃんぽくて好きだなあ。サバサバ系というか、過去の栄光を引きずらないっていうの？　けっきょく、そういう俗っぽくない子のほうが後から伝説になるんだよね。

無神経な発言にひやっとしたのは私だけで、真奈は相変わらず、心から楽しんでいるとしか思えない完璧な笑顔で『ですよねー！』と答えた。

『クールに見えるけど実際はゲラだし、面倒見もよくて超いい子なんですよ～。オーディション中も、未経験の子に自分から声をかけてダンス教えてあげたりしていて、みんなに好かれてました。放送ではカットされたんですけど、練習生へのアンケートで「お姉さんにしたいメンバーは?」って質問があって、そこでもダントツの一位だったんです』

——そのコーナー覚えてる! たしか「美しいメンバー」一位がアリスちゃんだったよね。えー、その質問カットだったんだ……そういえば、もう時効だろうから訊《き》いていい?

いや、ほんと話題にするか迷ったんだけど、時期的にもみんなが知りたいことだろうから。

当時ネットで話題になったスミレちゃんとアリスちゃんの不仲説、あれって間近で見ていて、ぶっちゃけどうだったの?

『あれは不幸なすれ違いというか……アリスって大人っぽく見えるけどオーディションのとき十五歳だったし、すみぺは二十歳でお姉さん組だったじゃないですか。注意できる人が他にいなかったんで、責任感もあったんだと思います。それが放送ではあんな編集になって……あの後、すみぺがアリスに謝った場面も使われなかったし』

——そうなの? 番組では、具合が悪くて練習を休もうとしたアリスちゃんにスミレちゃんが「人気があるからって調子に乗るな」ってキレたように見えたけど。

『日本人だから韓国語で叱《しか》るの慣れてないし、キツい響きになったかもしれませんけど。むしろ「厳しい世界だし油断しないほうがいいよ」って教えてあげる感じでしたよ』

——やっぱお得意の悪編かー! みんな人生がかかってるんだから、それくらい言って当然だよね。僕はスミレちゃんが自分より上位のアリスちゃんに「みんなを置いて休めるほど結果を出した?」ってはっきり言ったの、むしろスカッとしたけどな。

『それにうちらは、すみぺも含めて、アリスがあのとき捻挫《ねんざ》してたなんて知らなかったんです。スケジュールが過酷でみんな疲れてはいたから、テーピングしたり湿布貼ったりしてる子も珍しくなくて。だから放送で、アリスの怪我がめっちゃ取り上げられてて逆にびっくりしました』

——じゃあ、みんなが同じくらい疲れたり体痛めたりしてるのに、アリスちゃんだけが大きく扱われていたわけ？

『まあ、アリスは当時から人気だったし、分量が多くてもそりゃそっかーって。すみぺは自分から具合悪いってアピールするほうじゃないし』

——ん？　スミレちゃんも体調崩してたってこと？

『本番前日に熱を出したんです。だけど、そんなのお客さんには関係ないからってフラフラになりながらステージをやり切って、終わって退場した瞬間に倒れたんですよ』

——そうなの⁉　うわー、これ初出し情報じゃないですか？　編集って怖いねー！

そこで動画の再生を止め、気分転換に炙り杏仁のポッドキャストを立ち上げる。アモおじのなれなれしい猫撫《ねこな》で声の後だと、吐き捨てるようなヨッシー☆の口調はいつも以上に爽快《そうかい》に感じた。

『週刊誌やネットニュースの記者、あと暴露系インフルエンサーとかさ、有名人にたかってあることないこと言いふらす時点でゴミなのにどうして「自分たちは世間が見たいものを提供している」的な言い訳が平気でできるんだろうね。そう言われても、こいつ頭悪いんだろうなーとしか思えないけど』

『せやなあ、その仕事お天道様に誇れるかって話よな』

『そういう視点だと「実際に数字は伸びている」とか、また反論されるじゃん。そうじゃなくて根本的に勉強してないんだろうなって。アヘン戦争とか知らないんだろうね』

『なに、えへんせんと？　咳《せき》すんの？』

あんたも勉強しなっ、というヨッシー☆のツッコミと、同席している構成作家のものらしい笑い声が響く。途中まで聴いて中断していた最新チャプターのタイトルは「#124 推しの釣り記事に反応する時点でアンチ予備軍」。

『世間が食いつくからって劇薬を持ち込むほうが悪いのに、いまさら「みんなを代表してしかたなく泥を被っています」みたいな責任転嫁するのがおこがましくない？　そもそもアヘンだって、ほっといたらただのお花だったんだから。勝手に摘んで悪用して国民の頭バグらせた戦犯が偉そうにしないでほしい。金以外は頭にありません、貴様らがアホになろうが知りませんって宣言できる奴だけが人のスキャンダルに首を突っ込めよ』

『そんな記者、逆に人気出そうやないのー』

『まあでも実際、いちばんアホなのはいま「そのとおり、マスゴミ死ね」ってしたり顔しながら、この後ネットで推しの名前見たらまんまとすぐクリックして、なんなら拡散してまで反応したがる奴らだけどね？　いっぺん数字持ってるって認識されたら、君の推しはずーっとつけ狙われることになるんだからね？』

『でもー、好きな人のことは気になるから知りたいし、悪く言われてたら誤解を解きたくなるのが人の性《さが》ってもんやんか』

『だからさ、その行為が推しを数字稼ぎのハイエナどもの前に押し出していることを自覚しろって話をしてるじゃん、今日ずーっと！』

　毎週土曜に更新される炙り杏仁の「※個人の感想です」は、彼女たちの冠ラジオ番組のアフタートークとして配信が始まった。自由度が高そうな深夜ラジオでさえ言わなかった内容だから、笑いを取るよりも単純な愚痴や悪口に終始したような話が多い。しかも言うのはもっぱらヨッシー☆のほうで、相方の田丸はピンと来ない様子でなだめるものの、的外れな失言でこうして叱られる流れが定番だ。配信直後に「#こじかん」とSNSで検索すると、田丸のポンコツぶりにヨッシー☆以上に本気でキレているリスナーが毎回いる。

　私は毎回ラジオを聴くほど熱心なファンではないけど、ヨッシー☆が怒りを向ける対象になんとなく共感できることがときどきあって、暇があると過去の配信から気になる回を適当に選んで聴いている。タイトルはたいていヨッシー☆が放った毒舌から引用した挑発的なもので、まるでリスナーにまで喧嘩《けんか》を売っているみたいだ。芸人さんならではだな、といつも新鮮に感じる。

アイドルはファンを嫌わない。スパイス程度に皮肉を言うことはあっても、前提に「好きだから甘えて言っているんです」という目配せがないと「態度が大きい」「自分たちが支えてきたのに」と炎上する。芸人にもそういうファンはいるんだろうけど、比率的にはぐっと少ないらしい。これだけヨッシー☆が毒を吐いても番組が続くどころか「真のファンには本編よりこちらがメイン」とさえ言われ、リスナーが「こじかん」を自称して結束を固めているのがその証拠だ。

自分を好いてくれる人を嫌うのは、きっと、心が強くないとできないことだ。

オーディション中、それぞれの練習生を応援するファンにはかならず、彼らを象徴する名前が存在した。私の場合は「スマイル団」。すみれのローマ字表記がＳＭＩＬＥに似ている、英語由来の名前だとどの国のファンでも気軽に呼べるからグローバルに浸透しやすい、そしてなにより、感情を表に出すのが苦手だった私に「すみれちゃんが心から笑えるように私たちが力になってあげたい」という理由で、ファンの人たちがつけてくれた。

一次審査のためにお客さんの前でパフォーマンスをするとき、この名前をデザインしたスローガンを掲げてアピールする人たちに舞台上から気づいて、私は感極まって涙ぐんだ顔を隠すために急いで下を向かなくてはいけなかった。夢のために日本を離れ、言葉もままならないまま先の見えない練習を重ね、これで最後だと決めてたったひとりで未知の挑戦へと泳ぎ出したよるべない私にとって、ここにいる、あなたを見ていると伝えてくれるそれは、自分の行くべき道を明確にしてくれる灯台のようだった。

　あれから長い時間が経って、もちろん、スマイル団はあのころの勢いを保ってはいない。私はインスタしかSNSのアカウントを持っていないから、よけいにそこから去っていった人たちの印象は強くなる。毎回コメントしてくれていた人がいなくなったり、私の写真だったアイコンが別のアイドルに変わっていたりするたびに、少し寂しさを覚えることは否定できない。でも、だからって心変わりを責めるつもりは一切ない。私が彼らを置いて引退の道を選んだように、彼らにも私を置いて行く権利がある。

　ただ、どれだけ散り散りになっても私はあのころの恩を覚えているし、一度でもスマイル団だと名乗ってくれた全員をいまでも愛している。ここにいる、あなたを見ていると、今度は私がみんなに伝えたい。だからこそ、それができる唯一の場所を、もう終わった話で荒らされたくない。


　事務室を出て廊下を曲がると、制服を着た女子二人組が、教室からは死角になった廊下の隅で小刻みに跳ねていた。

　模試の結果や夏期講習の案内なんかが貼られた壁を背にして、反対側の窓枠にスマホを置き、ときどき確認して笑っている。この時間に授業がないのは「のびのびクラス」の子だ。踊っているのは最近ショート動画で嫌になるほど流行《はや》っている、今年デビューした女性アイドルグループの新曲。簡単そうだけどサビに登場する首のアイソレーションが印象的で、そこで意外に実力の差が出る。

女の子の片方がこちらに気づき、慌てたように友達を肘《ひじ》でつついた。すばやい動きでスマホをブレザーのポケットにしまい、私を見て半笑いで「セーフ?」と訊く。人生の先輩である先生方には敬語を使いなさい、というのが塾長の宇佐美《うさみ》先生の方針だけど、私は講師じゃなくて事務員だから多少舐《な》めてかかっても「セーフ」なのかもしれない。

「授業終了まではスマホ禁止だよ」

「うちらもう終わってるー」

「まだ他のクラスは授業受けてるから」

「音出してないのになにが迷惑なのー」

「ダウンロードした動画見てただけだしー」

論破できたと思ったのか、語尾を伸ばして畳みかける彼女たちに「塾長に確認するね、間違ったこと言うと悪いから」と笑顔で答える。彼女たちは顔を見合わせ、そそくさと私の横をすり抜けて走っていった。これは絶対にルール違反なので「走らないでね」とその背中に声をかけつつ、懐かしくなる。

私もあの子たちくらいのころ、とりあえず相手を言い負かせば勝ちだと思っていた。もしかしたら世間的には、まだそう思っていてもおかしくない歳かもしれない。べつに論破できたところで人として優位になるわけじゃないという気づきが早かったのは、どれだけ理屈や正論を掲げても、いるだけで白を黒にできる圧倒的な存在にはかなわないと若いうちに実感したからだ。

保護者にお金をもらって教育というサービスを提供している以上、他の子の邪魔さえしなければ生徒の言動に関与しないという学習塾も多いらしい。ただ、うちの塾長は違う。「思春期の子供と接する大人はすべからく勉強以外の教育にも責任を持たねばならない」という考え方の持ち主で、この塾に入る時点で保護者にも生徒にも規則への同意を絶対条件としている。授業中は私語厳禁、教師には敬語を使い聞こえる声で挨拶《あいさつ》をする。スマホはマナーモードが原則、すべての授業が終わるまでは休み時間でも取り出したら即退室。スマホに関しては「塾に持参しない」ことにしたかったらしいけど、田舎だから送迎の連絡も必要だし、家庭の事情もあるかもしれないと反対を受けてやむなく妥協したそうだ。

私が韓国にいたころは、家庭の事情なんて考慮されなかった。芸能事務所の練習生時代は出社するとスマホを金庫に入れられたし、オーディション中は無許可でスマホを使うとペナルティ、SNSも更新禁止だった。親が死のうが世界が滅ぼうがレッスンのあいだは関係なかった。夢を叶《かな》えたいならそれだけ本気になれということだったんだろう。

いまの私には生徒の成績が下がってもあまり関係ないし、塾長には悪いけどあの子たちの「勉強以外の教育」に責任を持つ気もない。ただ、あの壁が写り込んだ動画をSNSに投稿すると位置情報がバレるからやめたほうがいいよと心配で、だけど忠告するのも妙だからせめてそこで撮らないでほしいなと思いながら見ていたら、つい昔の癖で振付を覚えようとしてしまっていた。ショート動画で振付の真似が流行るのは、最新のヒット曲か、レトロがステータスになる程度に時間が経った曲。ちょっと古いくらいがいちばんダサい。私が参加したオーディションのテーマソングは、ちょうどその「ちょっと古い」に当たるからいまやダサくてだれも踊らない。最近日本でもデビューしたサンダーボルトがその番組を通じて結成されたことすら、知らない人も多いと思う。

「失礼しまーす。のびのびクラスの子の提出物、持ってきました」

「すみれちゃん、ありがとう。中川《なかがわ》さんがお土産持ってきてくれたけど食べる？」

「わー、嬉《うれ》しいです！　なんですか？」

事務室では宇佐美先生が、早く授業が終わった先生たち何人かと、OGらしい女の子と一緒にテーブルを囲んでいた。この塾には、よくこうして昔の教え子が遊びに来る。ひとえに宇佐美先生の人柄の賜物《たまもの》だ。私自身は、この塾ができる前に宇佐美先生に教わっていた。勉強と集団生活が苦手で小学校の授業についていけない私のために母が探してくれた個人塾の先生で、もとは中学の英語教師だったけど、ひとりひとりの生徒とより深く対等に向き合いたいという思いからこの「どんぐり予備校」を立ち上げたそうだ。私が地元を離れていたあいだに、先生の自宅の一室だった場所は二階建てのビルになり、ひとりだった先生は「学校教育に同じ問題意識を持つ」仲間を頼れるようになった。一粒のどんぐりから樹が育つように、先生は地道に自分の理想の学び舎《や》を育て、行き場を失って戻ってきた私を拡げた枝の下に招き入れてくれた。

「それがね、本人も忘れちゃったんですって。そんなことある？」

「だって友達がおいしいって言ったんで」

「ああ、そうだ。すみれちゃんならこれ、読めるんじゃないの」

先生のひとりがこちらに差し出した袋の文字は、見慣れたハングルで書かれていた。

「あー、薬菓《ヤックア》ですね。懐かしいな。ハニーバターアーモンドやベーグルチップみたいな流行り物と違って、案外こっちだと売ってないんです」

「向こうでよく食べてたの？」

「はい、手軽につまめるから気をつけないと止まらなくなりますよー」

「すみれちゃん、韓国に住んでいたの。高校卒業して四年くらいだっけ？」

中川さんと呼ばれたOGのいぶかしげな様子を見逃さず、先生のひとりがすぐに説明した。こんなところまで「その場のだれも置いてけぼりにしない」という塾長の教育方針が行き届いている。

「すごい勇気よね。十代で、たったひとりで夢のために外国に行くなんて」

「宇佐美先生が背中を押してくれたんですよ。学校とか親に反対されて荒れてたら、どうしてでも夢を追うなら高校、それも地元でいちばん偏差値の高い進学校を卒業しろ、それくらい覚悟を見せないと大人は心配で送り出せないって諭してくれて」

「なにそのいい話、初耳なんですけど！　塾長ー、なんで内緒にしてたんですか？」

「当然のアドバイスですから。わざわざ言いふらすことじゃありません」

宇佐美先生は真顔で答えながらも、眼鏡の奥で懐かしそうに目を細めている。

「いえ、先生には感謝してます。あの言葉がなかったら私、やけになって道を外れていたかもしれないので。大学に行かなかったから授業の内容を受験に活《い》かせなくて、いまも事務しか手伝えないのは申し訳ないですけど」

「私が若い子に大学に行ってほしいのは、自由な環境で自分のやりたいことを見つけるため。すみれさんのそれは当時すでに明確だったから、早く挑戦させてあげないと後悔すると思ったの」

先生は普通の塾で使われる「一般」や「特進」という言葉を嫌って、学力別のクラス分けを「のびのび」や「すくすく」と表現している。偏差値が高くなくても本人が志した道こそ「特に進むべき」なのだという信念は、私が教わっていたころから揺らいでいない。

出会ったときから十五年、四十五歳から六十歳になったはずの先生がどうやって年齢を重ねてきたか、私にはわからない。両親にはふとした瞬間「老けたなぁ」と感じることがあるのに、先生にはずっと「先生だなぁ」としか思えない。エイジングケアに執着する人じゃないから、順当に歳は取っているはずなのに。人間の寿命を超越した木みたいだ。超然とそこにいて、だれかが木陰で休みに来るのを待っている。

「えー、じゃああっちのクリニックとか詳しいんですか？　住んでた人がいるなら聞いてから行けばよかった！　予約したとこが微妙で不完全燃焼だったんですよねー」

急に目を輝かせながらこちらに身を乗り出した中川さんに、塾長も他の先生たちも「クリニックって病院？　具合でも悪いの？」と気遣わしげな視線を向けた。それを見て、遠くに来たことを実感する。アイドルを目指していたあのころ、私の周りに「クリニック」と言われて美容医療以外を連想するような人はいなかった。帰国してしばらくは、ニキビができてもすぐ皮膚科で焼いてもらわない子のほうが多いことにさえ違和感があった。

「韓国って、日本よりも整形手術が安くて気軽にできるんですよー」

たぶん「クリニック＝病院」と考える世代の人たちがいちばん心配するような言い方に、私が「整形と言っても、映画で犯罪者がやるようなものじゃないですよ。エステや皮膚科の延長みたいな感じで、肌をケアしたりほくろやクマを取ったり」と補足しないといけなかった。これはこれで、詳しいから言い訳している、それこそ「映画のような」整形を知っているのではと勘繰られたらいやだなと心配になる。

「中川さんはそのままでも素敵ですよ。お肌もきれいだし」

宇佐美先生がさっきとは違う形で目を細めたので私はひやっとしたけれど、中川さんは気づかず「そんなことないですよ! あたしマジで頭でかいから小顔矯正とハイフしたくてー」と返してしまう。

「いまの子は生きづらくて大変ね。なまじSNSが発展しているから、人にどう思われるかを必要以上に気にして、ほんの小さなコンプレックスに悩まされて。私たちからすれば、そのままの姿がいちばん美しいのに」

宇佐美先生の口調はずっと穏やかで、いまどきの若者は、と説教する大人特有の驕《おご》りがない。だからこそ、たちまち周りの先生たちも「本当ですよねえ」と同意した。これ以上整形について語りたくはないので、私もわざわざ深掘りせず、そっと席を立って化粧室に向かう。薬菓を食べるためにリテーナーを外し、生徒に内緒で給湯室に設置してあるコーヒーメーカーでエスプレッソを淹《い》れて戻ると、まだ真剣な議論が続いていた。

「こないだ初めて、スマートフォンの、スクリーンタイムっていうの？　なにをどれくらい見ているか表示できる機能を知ってぞっとしたわ。昔は存在すらしなかった単なる機械に、自分がどれだけ依存していたか……ましてや、生まれたときからそれを持たされるいまの子たちがどんな影響を受けるか、考えるのも恐ろしいですよ」

「スティーブ・ジョブズは、我が子に自社で開発した製品を使わせたがらなかったんですって。その理由がわかる気がする」

「うちの子の学校にも、ネットに悪口を書かれて不登校になった生徒がいるらしいんですよ。やりきれないですね、外の世界に助けを求めれば、早いうちになんとかできたかもしれないのに」

「目の前のきれいな景色やおいしい食べ物も、いまの子はスマホ越しにしか見ないでしょ。それも、ＳＮＳに載せるためにどんどん加工して。もったいないわよね。本当の自分の人生を生きてないような気がしちゃう」

「ああ、でも写真は私も撮っちゃいます。日記代わりというか、記録用に」

そう言いながらテーブルの一角に座り、プラスチックのリテーナーをつけていたら着色と変形必至の熱いコーヒーが入ったマグカップに薬菓を立てかけて、わざとみんなの前でスマホを取り出し撮影する。露骨なツッコミ待ちの動作にみんなが乗りかけたところで、

「明確な目的を持って自分の意志で利用できるなら、やみくもに文明を否定する必要はないからね」

宇佐美先生がにこやかに言い、場が少し冷えた。しらけた感じではなく、自分たちの熱に恥じ入ったように落ち着きを取り戻した。

「嘆かわしいのは、人生のために文明を利用するのではなく、文明に人生を捧《ささ》げてしまうこと。インターネットの情報は便利だけど、それに踊らされるようでは本末転倒です。うちの塾でスマートフォンの使用を制限しているのも、せめてここにいるあいだは自分自身と向き合ってほしいから。虚構の世界に逃げ込む人は、きっと現実で満たされないせいで

そうせざるを得ないの。私たち大人が、少しでも彼らが『現実も悪くない』と思えるきっかけになれればいい、いえ、ならなければいけないと私は考えています」

宇佐美先生がそう言うのは、口だけのきれいごとじゃない。ネットにはあらゆるものの口コミを集めて点数をつけるレビューサイトが存在し、それは学習塾も例外じゃないけど、先生はそういうところに書かれた意見には一切目を通さない。講師にも見ないように伝えている。たとえ批判されていたとて、発言者が自分に非がないと思うなら直接、あるいは名前を出せる形で伝えてくるはずだから、無責任な匿名の声で己を曲げる必要はない、というのが先生の信条だ。

私がオーディション番組中にSNSで炎上したとき、家族や友達はとても心配して気遣ってくれた。もちろんありがたかったけど、ああ、私への悪口を目にしたんだ、みんなあの汚れた言葉のフィルター越しに私を見ているんだ、と察することで、行き場がどんどん塞《ふさ》がれていく心地もした。事実を知っても「自分に恥じることがないなら、顔も知らない相手の悪口にどうして傷つく必要があるの？」と一蹴《いっしゅう》して、心底どうでもいいような、なにも変わらない態度でいてくれたのは先生だけだ。

「相手はあなたの魅力を見ようともしていないし、あなたが彼らに従ったところで、今度は別の難癖をつけるだけ。そんな輩《やから》に、あなたの大事な心を差し出してしまうのはもったいない。それに、悪い声は際立って聞こえるものですよ。意識して良い声の聞こえるほうに心を傾けて、バランスをとるようにしなさい。あなたを愛して、応援してくれる人のほうが、世界にはずっと多いんだから。私も含めてね」

古式ゆかしい意見に、全面的に同意するわけじゃない。先生はもともとインターネットに疎いから、事態の深刻さがわかっていなかっただけというのも大きいと思う。それでも「炎上してサンダーボルトになれなかった元練習生」のレッテルから逃れて、ただの自分でいられるこの空間はありがたかった。周囲に不穏な気配が漂いはじめた、いまとなってはなおさら。


「ヤバい、体バッキバキ！　ありがとねーすみぺ、付き合ってくれて」

「ううん。踊るの久しぶりだから楽しかった！　だいぶ勘が鈍っちゃってたけど」

「またまたー、振り覚え音速のダンスクイーン健在だったくせに」

「音速だと曲より短いじゃん」

「やっぱりすみぺに頼んで正解だったわ、教えるのうまいしさ。ひとりだとモチベ上がんないし、だからっていまさら一般人とレッスン受けるわけにいかないし」


壁一面の鏡にもたれて座りながら、真奈はしきりに前髪を直している。私は隣に座って水を飲みつつ、レッスンを避ける感覚がピンと来なくて首を傾《かし》げた。体を動かすことにはかならず学びがある。少なくとも「受けるわけにいかない」理由はない。

「ねーすみぺ、ほんとにTikTok撮らなくていいの？　あたしのでよければメイク道具も貸すし、ここシャワーも使えるよ？」

「うーん、うん。じつは、いまものもらいがあってメイクできないんだ」

「えっガチ？　まったく気づかなかったけど。それでメガネなん？」

「うん、できたのまぶたの裏側なんだよね。だからごめんけど、私は遠慮しとく！」

「そっかー。すっぴんでもそのビジュは何事？　って、逆にバズりそうだけど」

　まだ納得しない様子の真奈に「トイレ行ってくるね」と言い残して立ち上がる。蛍光灯に皓々《こうこう》と照らされたダンススタジオを一歩出ると、クラブっぽく明かりを落とした廊下に流れるBGMも他の部屋から漏れてくる曲も流行のK－POPだった。練習生時代を思い出す。すぐそこの扉が開いたら、ボロボロのジャージを着て前髪をちょんまげにした昔の自分がいまにもひょっこり出てくる気がする。

　都心にあるこのレンタルスタジオの一室を、私の上京に合わせて予約してくれたのは真奈だ。本人いわく「好みの曲があって久々にちゃんと踊りたかった」らしい。気持ちはわかるので誘われてついOKしたけど、正直意外だった。真奈はどちらかというとダンスが苦手で、とくに練習生をやめてからは本気で踊っている印象がない。いまだって私のほうがあきらかに楽しんでいたし、もしかして、これは歯医者を紹介したお礼のつもりだろうか。たしか彼女はマウスピース矯正が先月終わったばかりだったはずだ。

番組中、真奈とはほとんど接点がなかった。帰国後にスマイル団への感謝を伝えたくて始めたインスタで相互フォローになって、その後は他の練習生と同じように投稿で近況を知るくらいだったけど、しばらくして『歯、どこで直した？』とＤＭが来た。どうやら、友達のアカウントに載っていた最近の私の写真の歯並びに目を留めたらしい。その切実さに共感を覚えて、私は自分が勉強したこと、知っていることをすべて教えた。あくまで私の意見だと念押しはしたけど、その直後、真奈は私と同じ矯正歯科に通いだした。

アモおじの質問に「そこまで？」というほど丁寧に答えていた彼女が「スミレちゃんと仲よかったんだ」にだけ答えを濁したのは、そのあたりを明かしたくなかったからだろう。見る人が見れば一目瞭然《りょうぜん》とはいえ、できるだけ自分の美しさが生まれつきだと思われたいのは普通の心理だ。歯列矯正くらいなら公言して「努力する等身大の私」をアピールする手もあるけど、そういうのはもともとみんなが憧《あこが》れ、妬《ねた》みで足を引っ張りたくなるような人だから有効な手段で、半端に手を出すと「課金してその程度？」と逆に隙を作る。

「ねーこの後どうする？　あたし矯正終わったからなんでも食べられるよ」

スタジオに戻ると、早々にダンス動画の撮影を終えたらしい真奈がスマホ用の三脚を畳んでいた。私ならどんなに簡単な振付でもワンテイクじゃ満足できないな、と思いながら

「やっぱり抜歯がないと早いねえ」と答える。

「マウスピースってネットでは悪みたいに言われてるけど、ちゃんとしたお医者さんを選

べば平気だよね？　失敗する人は純粋にリサーチ不足じゃないかな」

真奈はダイエットをしても取れない口元のもたつきがコンプレックスで、矯正したい最大の理由だと言っていた。私なら、それが目的であれば多少時間がかかっても抜歯してワイヤーで矯正する。抜くのは奥まった部分の歯だから、たまに人前に出る程度なら工夫次第で目立たせないことは可能だ。もちろん考えは人それぞれだから口を出す気はないけど、鏡に映った真奈の横顔のラインがさほど変化したようには私には見えなかった。

「どうだろうねー。どれだけ腕のいいお医者さんでも、相性によるところあるから」

「あー、サンダーボルトのかかりつけみたいな？」

だから真奈はよかったね、と言いかけた声が、大きな音にびっくりしたモグラみたいにぴゃっと喉《のど》の奥に引っ込んでいった。

「整形外科医が事務所のお抱えなんだろうけど、揃いも揃ってなんであそこまで個性なくせるんだろ。アリスが天然美人だから他三人はすっかり『愉快な仲間たち』になってて、格差って残酷だなーって思う。それともそういう戦略だったのかな」

荷物をまとめた真奈がスタジオを出て行く。急いでその背中を追いながら、さっき引っ込んだモグラが頭の中で適切な言葉を探してぐるぐる回っているのを感じた。いま話題に出ているのは、本当に私が頭に浮かべている個性豊かな「三人」のことだろうか。同じグループで共通のコンセプトのもとにメイクやスタイリングをしていれば印象が似るのは当然だし、センターのアリスを目立たせるのは「格差」などではなくアイドルの常識なのに。

私が耳を疑っているあいだにも真奈は受付に鍵《かぎ》を返却し、女子更衣室に向かいながらよどみなく続ける。

「この先どうするんだろ、あの三人。アリスがいないサンダーボルトなんてイチゴなしのショートケーキだってみんな言ってるのに。事務所もよく許したよね、病気でも怪我でもないのにセンターが休業とか」

「……へー、アリス休むんだ」

真奈が目を瞠《みは》って振り向く。私はもともと感情が出にくい顔だから、薄暗さも手伝って下手な嘘でもバレることはなかった。実際は、さすがにそこまでの大事件だと地元にいても耳に入る。ただ詳細は本当に知らない。関連しそうなニュースは見出しの時点で避けてきたから、真奈が口にしたような悪しざまな評価を直接目にしたことはなかった。

「知らないの？　大騒ぎだよ。絶対的エースがいきなり休業宣言したから、いろんな説が飛び交ってもうカオス。アリスの過激なファンが他のメンバーや事務所を悪者にして大暴れするせいで、残りの活動にまで影響が出てるんだって。いまではアリス推しは厄介なオタクの代名詞になって、ユピテルどころか普通のアイドル好きにも白い目で見られてる」

「そうなの？　仕事が忙しくて、あんまり情報が追えてないんだよね」

「あの子応援してる人、オーディションのときからヤバめだったもんね。推しに死ねって言われたら死にそうな感じ？　アリスもファンの尻拭《しりぬぐ》いくらい最後までしてからやめたらいいのに。それに、正直うちらからしてみれば、耐えきれなくなって投げ出すんだったら最初からその席くれよって感じじゃない？」

　女子更衣室に人気がないのを見て取ったのか、真奈のかわいいクリームボイスがひときわ大きくなった。ずっと混乱して頭の中で動き回っていたモグラが、そのときだけ抵抗を示すようにひたりと静止する。

　そんなわけない。アリスのポジションは、簡単にだれかに譲れるようなものじゃない。彼女の熱狂的なファンより、彼女を主役に据えた番組制作を先導した大人たちより、一度は横並びで席を争った私たちがいちばん知っているはずだ。真奈はなんであの衝撃を忘れられるんだろう？　それとも五年も経つと、どんな相手でも画面の向こうの「芸能人」でしかなくなるのが普通なんだろうか。だれにでも優しくてほがらかなはずの人が、利害関係もないはずの芸能人にはなぜか「保険適用外」と言わんばかりに辛辣《しんらつ》になる瞬間を私は何度も見てきた。そのたびに言われる側の気持ちを思って怖かった。私たちにとってはそちらの立場のほうが想像しやすかったはずなのに、なぜ真奈はこんなに冷ややかな態度をとるんだろう。

「まあ、あたしはともかくさ。すみぺなんて、あの子のせいで落ちたようなもんじゃん」

「いや、それは……単純に実力不足だから」

「そんなわけないって。すみぺ、いままた波が来てるよ。なんでこの子がデビューできなかったんだろうってみんな言ってる。逃がした魚は大きいよね」

もしかして、私は彼女に「誤解を解くきっかけを作ってくれてありがとう」と感謝することを期待されているのかもしれない。気が進まないのはどうしても、脱落直後にうっかり目にしたアモチャンの動画が頭をよぎるからだ。真奈だってたぶん知っている。少なくとも一度は見たはずだ。しかつめらしく腕を組んで炎を背負うアモおじのサムネイルと、対立を煽るような「アリスVSスミレ、あなたはどっちの味方?」というタイトル。

――スミレちゃんの発言は正論ですし、ストイックなのはかまいませんけど、ちょっとやりすぎかな。ましてや五歳も年下の、体調を崩した未成年相手に。強い女性もいいですが、デビューしたらグループで活動していくって考えたらもう少し協調性がある人のほうがメンバーにふさわしいかなーっていうのが、まあ、僕個人の感想ですね。

「ありがとうね、真奈。でも、私はこれでよかったと思ってるから。自分なりにいろいろ考えて決めたことだし、いまの仕事も楽しいし」

職業病で基本的に上がっている真奈の口角が、麻酔がかかったようにすんと下がった。仮にもアイドルを夢見て一緒に異国で戦った相手が、学習塾、しかも生徒の前にすら立たない事務の仕事を「楽しい」と言ったことが信じられないみたいに。

「……まあ、すみぺがいいならいいけど。もったいない気がするな、スマイル団の人たちだって応援してるのに。うらやましいよ、なんにもしてなくても五年待ってくれる一途なファンダムなんてめったにないんだから」

「そうだね、ほんと、ありがたいよね……」

アモおじの批判も真奈の励ましも、両方「個人の感想」には変わりない。私が真奈の横顔を見て、マウスピースよりワイヤー矯正のほうがよかったのにと思うのと同じだ。ただ、私は言わない。個人の感想は身勝手で無責任だと身に沁《し》みているから、だれの人生にも口出ししたくない。その相手がかつての仲間でも、スマイル団の人たちでも。

着替えとメイク直しを終えて外に出ると、入口近くのロビーに女の子のグループがたむろしていた。スマホをいじりながら話していた彼女たちの声が一瞬静まり、抑えたささやきに変わる。やがてその中のひとりがそろそろとこちらに近寄ってきて、真奈に「あの、もしかして『雷鳴少女』に出てた人ですか？」とひそめた声で話しかけた。

「はい、そうですよ」

気づかれていることを察していたのか、真奈が驚いた様子もなく白い歯を見せて笑う。マウスピース矯正だとホワイトニングが併用できるから、とくに表に出る仕事ならたしかにいいよなあと関係ないことをぼんやり考えていた私は、いつのまにか真奈を中心にできた女の子たちの輪を外側から眺めていた。

「やっぱりー、番組見てました！　握手とかいいですか」

「もちろん！　でも、写真はごめんなさいなんですけど」

「あっはい大丈夫です。えーヤバ嬉しいー」

おそらく私たちと同じく二十代だろう四人組が、真奈に向かって入れ代わり立ち代わり手を差し出す。踊り終わった後の髪をお揃いのキャップで隠し、ブランドバッグをななめがけした立ち姿はすらりとして様になっている。声のかけ方も比較的スマートだったし、芸能志望の子たちかもしれない。しかもわざわざ仲間内で踊りに来るくらいだから、たしかにアイドルのオーディション番組を見ている確率は高くてもうなずける。

「じゃ、これからもがんばってください」

「ありがとう！　あっねえ、すみぺはいいの？　ほら、同じ番組に出てたスミレちゃん」

女の子たちがこちらを振り向いた。とっさにうつむいて手で顔を覆ってから、それだけだと感じが悪いことに気がついて「やだ、すっぴんだから恥ずかしいって言ったじゃん」とできるだけ明るい声を出す。スミレはぶっきらぼうだから注意されると怖い、といつも指摘されてきたせいか、人に意見を言うときはやたらと笑ってみせるのが癖になった。

「大丈夫だってー。すみぺはすっぴんでもバチイケやもん！」

ただ、怖がられない代わりに本気で聞いてもらえないことも増えた。私が大丈夫かどうかなんて、どうして真奈に断言できるんだろう。これも「個人の感想」だろうか。

「……え、もしかしてシジマネキ？　うそっ、本物⁉」

さっきまでのわきまえた態度が嘘のような大声に、思わず伏せていた顔を上げた。

いつのまにか、囲まれているのは真奈ではなく私になっていた。キャップの陰になっているにもかかわらず、彼女たちの目が真奈に対するものとは違う輝きを放っているのがわかる。しじまねき、という覚えのない呼び名になにかの勘違いかと困っていると、ひとりが小さなバッグから急いでスマホを取り出した。

「あたしファンなんです、待受にしてます！　ガチです！」

写真でも撮られるのかと身構えたけど、言葉のとおり、表示されていたのは彼女の待受画面らしかった。名札のついた練習着姿で、うつむいた後ろ姿の相手の顔を覗き込む私の写真。韓国語の字幕の下に、「やるべきこともやらずに休まないで」という日本語訳がついている。矯正前の歪《ゆが》んだ口元と粗雑な言い換えのせいで、まるで私が相手を軽蔑《けいべつ》して罵《ののし》っているみたいに見える。韓国語で「休まないで」は「쉬지 마」、日本語で発音すると「シジマ」に近い。そう言った「姉貴」だから、シジマネキ、らしい。

「この写真見るとメイク落とさずに寝ちゃいそうなときも気合が入るから、いま美容系のあいだで大バズりしてるんですよー」

「……そういう使い方されてるんだ」

「これきっかけで番組後追いしたんですけど、マジでこのシーン神でした。うちらみんな言ってますよ、サンダーボルトにはシジマネキが入るべきだったって。そしたら大事なときに荒れなかったのに。アリスってこのころからトラブルメーカーというか女王様気取りというか、なんも変わらないですね」

真奈が言う「波が来てる」や「みんな言ってる」なんて、私を気遣って盛った表現だと思っていた。通りすがりの女の子が、すぐ取り出せるような形で五年前の番組の切り抜きをスマホに保存している確率ってどのくらいなんだろう。こんなふうに誇らしげな態度で言われるくらい、それって嬉しがるべきことだろうか。

「そうそう。あたしのアイドル興味ない友達も、これ見てシジマネキのほうが断然応援できる、いまからでもアリスと交換すべきだって言ってました！」

別の子が自分のスマホを差し出す。そちらの画面には、あきらかに無断転載らしい短い動画が映っていた。暗い小部屋でひとり、インタビューに答える私の映像。

『ファンの方がひとりでも待っているなら立ち止まりたくありません。休んだり落ち込んだりする時間は引退後でも取れます。泣く暇があれば練習すべきだし、涙より、パフォーマンスで結果を示すのが真のアイドルだと思います』

「アリスだけじゃなく最近のアイドルって、等身大の自分を受け入れてほしいーとか調子いいこと言って好き勝手したり、感謝を忘れて物申してきたりする奴が多いですよね」

「ねー。それなら最初からその仕事選ぶなってゆーか、こっちは夢見たいのにテーマパークで急に着ぐるみ脱がれたみたいで冷める」

「だから、そういう奴ら全員のSNSにこれ貼って回りたいってみんな言ってます！」

彼女たちは相変わらず目をキラキラさせていて、本気でそう思っているみたいだった。無邪気な笑顔の輝きと口から出る言葉のギャップにめまいがして、悪意の矛先が自分ではないにもかかわらず寒気が止まらない。

みんなってだれ？　初対面のあなたやその「友達」がそんなに正しいの？　主語を拡大してわがままを正当化したり、なにも知らない人の適当な意見を「ピュアで核心を突いた鋭い批評」みたいに引用したりするの恥ずかしくない？　そんなふうに持ち上げられても調子に乗れないよ。そこから叩《たた》き落とされた人間がどう扱われるか、いままさに見せつけられているのに。

一歩引いた場所から見守っていた真奈が、完璧な白い歯を見せながら笑顔で「あたし、お店空《あ》いてるか確認してくるね。ごゆっくり！」と去っていく。離れていく背中を追って顔を上げると、もうひとり、円の外側からこちらを見ている視線に気がついた。

私を取り巻く四人組の向こうに、ダンススタジオの受付が見える。そのカウンターの中からスタッフTシャツを着た女の子が様子をうかがっていた。うるさいのかと最初は思ったけど、周囲にはずっと音楽が流れているし迷惑になるほどじゃない。それに仕事として注意を向けるというより、スマホをいじりながら私の顔と見比べているように思える。

音楽が覚えのあるものに変わった。先月行った焼肉店でも再生されていたサンダーボルトの新曲だ。他の子は気づいていないけど、受付の女の子だけはイントロに反応してぱっと顔を上げた。アリスの甘い声から始まるAメロを吟味するように、顔面国宝と称される彼女のアップで幕を開けるMVを思い描くように、近くの空間に視線を踊らせている。

そこで気づく。ここの手続きは真奈に任せていたから、受付スタッフの顔なんて見ていなかった。でも、あらためて観察すれば一目瞭然だ。厚く作った前髪、オーバーリップで強調した唇、そして右手首の独特なミサンガ。オーディションのとき、お母さんが願掛けで作ってくれたと言ってアリスが肌身離さずつけていたものとそっくりだ。

「シジマネキー、どうしたんですかー？」

四人組の声に反応して、夢見るようにさまよっていた視線がもう一度こちらを向いた。さっきまでのうっとりした様子とは打って変わって、影が落ちた瞳《ひとみ》からはまったく感情が読み取れない。もし彼女があのころのアリスを意識しているとしたら、当然私とのあいだに起こったことも、いまの事態も把握しているはずだ。

あの真っ暗な目に、こうして彼女の推しと比較して祭り上げられる私はどう映っているんだろう。彼女はいま、なにを思っているんだろう。

――スミレは地雷。アリスを傷つける悪魔を永遠に許すな。

「ごめん、ちょっとトイレ！」

必要以上に大声で宣言して、私は制止の声も聞かずその場から逃げだした。

――スミレって「みんなが言えないことを言っちゃうサバサバしたアタシ」に酔ってて冷める。職場にもああいう怖がられてること気づかないモラハラ気質のお局《つぼね》いるわ。リーダー適性ならアリスみたいな妹分をかわいがってくれるベルのほうがずっと上。

――得意のダンスもドヤ顔が鼻につく。アイドルじゃなくてダンサーやれ。初心者でも笑顔でがんばるリリーみたいな子のほうが応援したくなるし、アリスもああいうのんびりしたタイプといるほうがリラックスして楽しそう。

――なんでいつまでも韓国語下手なの？　頭悪いの？　同じ日本人ならユキのほうが英語も韓国語も流暢《りゅうちょう》だし、アリスの通訳もよくしてくれるからグループに必要だと思う。

――骨格から負け組のブスが顔面国宝の隣に並んで恥ずかしくないんかｗｗｗ

女子トイレの個室にこもり、がんがん鳴り響く音楽に耳を塞いだところで、一度焼きついてしまったものは頭から追い出せなかった。私を追放するために他の練習生を支持し、私のすべてを徹底的に貶《おとし》める声。書いた本人が忘れようが、一言一句覚えている。

自分のことは自分でもわからない。過去と他人は変えられないと言うけど、ああだったはず、おまえはこう思っていた、そういう奴だと踏みにじりつづければ実際には簡単に変えられる。私だって、最後の挑戦を終えた後まで「これくらい乗り越えられないなら最初からアイドルなんか向いてない」と追い打ちをかけられ、夢を抱いたこと自体がおこがましかったように刷り込まれたのだから。

あのころの自分がどう思っていたか、もう記憶にはない。でも、たとえおもしろおかしく切り取られたところで、当時は自分を信じて極限から言葉を絞り出していた。だれにも恥じることはない。ただ、だからって人を攻撃するためにやっていたわけでもない。いまにも崩れ落ちそうな私自身を奮い立たせるために、私のためだけに、届かない銃弾みたいに世界に向かって放たなければいけなかった言葉だ。

もう、傷つきたくないし傷つけたくない。お願いだから放っておいて。

震える手で自分のスマホを取り出す。ふたたび暴れ出した悪い声を払拭《ふっしょく》するには、相殺する新鮮な意見を浴びなくてはいけない。そして、私がそれを与えてもらえる場所なんてひとつしかない。インスタで自分のアカウントを開き、最新の投稿のコメントを開く。

『昔のライバル踏み台にバズって満足か？　アリスの代わりにこいつ入れろとか言う奴、オーディションのときこの女だけは絶対受からせちゃいけないって思ったの忘れてそう』

「あっ、すみぺ遅いよー！」

ふらふらとロビーに戻ると、四人組と一緒にいた真奈が大声で私に手を振った。周囲に見せつけるように名前を叫ばれて思わず立ちすくむ。受付には相変わらずミサンガの女の子がいて、こちらに冷ややかな視線を送っていた。彼女のスマホのレンズが私の顔に向けられている気がして逃げたくなるけど、行く場所なんかもう他に残っていない。

「え、シジマネキっていま事務所とか入ってないんすよね。やっぱ写真だめすか？　絶対うちらだけの思い出にしとくんで！」

撮らないで。あなたたちが去っていってもずっと続く私の人生を、一部だけ切り取って都合よく利用しないで。それすら叶わないなら、せめて目立つように「個人の感想です」と注釈をつけて。真に受ける人がいなくなるくらい、私の言葉そのものなんか掻き消されてしまうくらい。タイトルのようにいちばん目立つ場所に、大きなフォントで。

――絶対受からせちゃいけないって思ったの忘れてそう。

覚えてる、覚えてるよ。あんたたちよりよっぽど。


『海外ドラマとかバラエティとか、あとドキュメンタリーとか、パンチのあるテロップが出た番組をスクショして、ＳＮＳで人の返信欄にそれだけ貼る奴いるじゃん。あれ、私にやってきた人は非表示にしてタイムラインから抹消してる』

『え、全員？　ファンの人も？』

『うん。ブロックしないだけ優しいと思ってほしい』

『なんで？　昔からよくあるネットのノリやんか』

『テレビ出る仕事で堂々と言わないでよ。昔からあろうがなかろうが、無断転載は犯罪だから。あと、なにも生み出してないくせに気の利いたことやってる雰囲気を出してくるのが癪《しゃく》。泥棒が庭でウロウロしてるのキモいじゃん』

『厳しいなー。みんながみんな、気の利いたこととっさに言えるわけちゃうやん。悪意はないっていうか、いいシーンやからこそ使いたくなるわけでさ。使われた側も結果的に流行ればありがたいんやないの？』

『うわー、最悪。拡散される側ならともかく、なんで拡散する側が言うの？　ああいうのって、本当はあそこだけで完結するものじゃないでしょ。うちらに置き換えて考えてみ、コントにせよ小説にせよ、苦労に苦労を積み重ねてやっと内側から意味が滲《にじ》み出るのに、目立つとこだけ盗んで「これが全部です！」って顔されたって嬉しいわけねえわ』

『へー、そうなんや。普通コントも小説も書かんからわからんやろ』

『いや、わからん、だから許してね、で完結させんなよ。わかろうとしろよ、自分の上澄みだけつままれてあとはポイ捨てされる気持ち。そういうとこあるよね！』

『だってそんなん、使われる側に回れるほうが特別やんか……ほな、知ってる人を小説のモデルにしたり、現実にあったことをコントのネタにしたりするのも泥棒なん？』


宇佐美先生とふたりきりで、向き合って座るのは初めてかもしれない。

私がこの人と出会ったころ、先生は自宅の、もう家を出たというお子さんの勉強部屋を教室として使っていた。椅子を私に譲り、自分はキッチンから休憩用のスツールを横に持ってきて、隣にくっつくのではなく、少しななめに向き合うようにして座っていた。

私は小学生のときからダンサーに憧れて、お腹が見えるぴったりした服を着たり、爪《つめ》を塗ったりしていたから、学校では浮いた存在として敬遠されていた。私自身も無理になじもうとは思わなかった。世界でもほんのひと握りの、もう表舞台で活躍している同世代の子と自分を比べては、教室で楽しくもないおしゃべりに笑ったり、興味もない授業を聞いたりするあいだにどんどん夢が遠のいていくように感じていた。毎日息が詰まりそうで、早く広い世界に出たくてたまらなかった。

自分の気持ちを説明することさえあきらめていた私を、先生は対面から威圧するでも、なれなれしく懐柔しようとするでもなかった。じっと寄り添い、私の中から自然とこぼれ落ちる言葉を、ときどきお茶やお菓子を差し出しながら黙って待ちつづけてくれた。だから私は、ずっと先生を寡黙な人だと思っていた。久々に挨拶に行って驚いたのは、先生が案外おしゃべりだったことだ。自宅を訪ねた私を抱きしめて歓迎してくれた後は、私の近況を聞くのと同じくらいかそれ以上に話した。私の話を途中で遮ったり、頭の回転に口が追いつかず「なんだっけ、えーとほらあれ」なんてもどかしげにしたりすることさえあった。その様子は恩師というより同世代の友達みたいで、完璧かつ絶対的な存在だった先生に、初めて人間味を感じた。そんな相手と対等に話せていることが、大人になれた証拠みたいで嬉しかった。

いまの私は、小学生どころか、もっとよるべないころに戻ってしまった気がする。

「教え子の扱いに差をつける気はないけれど、私は、すみれちゃんがなにか言ってくれるならそちらを信じたいと思っています。塾長としてではなく、あなたのことをよく知っているひとりの人間として」

大事な話なら堂々とすればいい、というのが信条の先生は、廊下の端にあるこの小さな相談室をめったに使わない。静かな部屋に響くその言葉は、いつものようにまっすぐで正しかった。外の世界の雑音に惑わされることもなく、ずっと一本芯《しん》が通っている。

「だから教えてちょうだい。あなたらしくもない、たしかに規則違反とはいえ、腕ずくで生徒からスマホを奪おうとするなんて。なにがあったの？」

正しい人、美しい人、汚れない人は、そこにいるだけで、そうなれない大多数の人たちを傷つける。

だから、そこにいるだけで世間から避けられたり、攻撃されたりする。先生はそのことを承知していて、その上でおもねったり媚《こ》びたりする必要はないと胸を張り、海を割る預言者のように、ひたすら前進することで道を作ってきた。そして、私のことも自分の側にいる、少なくとも付き従う存在だと信じてくれている。大きなものに踏み倒されるどころか、触れる前から道を開ける波の側に私がいるかもしれないなんて、想像もしていない。

そんな人に、どう説明すればいいんだろう？　背後を通った生徒が「しじま」とささやいたように聞こえて、振り向いたらひとりのスマホのレンズがこちらを向いていたから、拡散されると思って我を忘れて摑《つか》みかかってしまいました。だって彼女たちの友達に「いいじま」さんがいるなんて知らなかったから。そもそも、それってその子たちがそう説明しただけですよね。本当ですか？　こっちの被害妄想ということにするための嘘なんじゃないですか？　ああ、しじまというのは韓国語の「休むな」に近い発音で、どうしてそれに動揺したかというと——

先生を信じないわけじゃない。ただ、事実を伝えるためには、あまりにも踏まなくてはいけない段階が多い。なにが起こってなぜそう思ったか、それだけを、ショートケーキのイチゴだけ摑《つか》ませるようにして差し出すことはできない。理解してもらうためには、自分でもどうでもいいとあきれること、口にするのさえばかばかしいことをいくつも説明しないといけない。そのあいだに、こんなことすら言わないと通じないんだと思い知らされる気がして、自分が彼らからどれだけ離れた場所にいるかを痛感する。その果てない過程を辿《たど》れるとは思えなくて、行く前から気力を失ってしまう。

これだけ心を砕いたんだから絶対にわかってほしい、そう熱を入れて話した末に肩透かしを食らうほど絶望することはない。だから、その前に「どうせわかってもらえなかったから、これでいいの」とあきらめて、自分から背を向けることを選ぶ。

オーディション中の炎上に言い訳をしなかったのは、べつに私が「潔い」からじゃない。「パフォーマンスで結果を示す」なんてきれいごとも、信じていないからこそ物語としてなめらかに口から出ただけだ。アリスは当時から人気も実力もずば抜けていて、番組だって視聴者だって、彼女を中心に据えたグループを作るために動いていた。そういう存在がただひとり現れさえすれば、そのプロジェクトは勝ちになる、彼女にはそんな力があった。私ひとりの言葉で世界が覆るなんて、とても思えなかった。

「すみません」

けっきょく、それしか言えない。私が未熟なせいでみなさんを失望させてすみません、と、顔も知らない大勢の視聴者に頭を下げたときと同じ。

「いろいろあって、少し神経質になっていたんです。だから勘違いしてしまって」

先生が気遣わしげに眉《まゆ》をひそめる。胸元で行儀よく組まれていた手が、こちらに触れようか迷うようにかすかに動いた。

「もしかして、だれかに嫌がらせでも受けているの？　恋人とか……昔のファンとか」

「それはないです。恋人はいませんし、ファンの人はそんなことしません」

「恋人はともかく、ファンはわからないでしょう。愛がふとしたきっかけで憎悪になって悲しい事件に巻き込まれるのは、残念だけど、日本でもあることですよ」

「違います。スマ……私のファンは、みんないい人たちでした。アイドルを目指して活動しているあいだも、迷惑をかけられたことはありません。むしろ、ずっと味方でいてくれました。ただ、ＳＮＳでちょっと、久しぶりに私の話題が出たみたいで」

エスエヌエス、と聞いた瞬間、宇佐美先生の眉間《みけん》に深いしわが寄った。

「中川さんから聞きました。あなた、当時のSNSの、アカウント？　あれを、まだ残してあるんですってね」

いくら高潔な先生だって、教え子の人間性までは正せない。知り合いの知り合いが少し名の知れた存在とみるや、餌《えさ》に群がる鯉《こい》みたいに内情を探ろうとする卑しい人間は多い。見ても理解できないしそもそも興味もないくせに、脊髄《せきずい》反射のようにネットで情報を検索し、SNSのアカウントを見つければすぐフォローし、匿名の口コミを読みあさり、本人よりも相手のことを知ったつもりになるためだけに隅々まで調べないと気が済まない。そういう連中ほどこちらが必死で築いたイメージの一線を土足で越境し、あの人実際会ってみたらこうだったよ、なんて、さも自分だけが真実を知っているみたいにうそぶくのだ。

「どうなの？」

重々しい、私に非があるような訊き方に困惑しつつ、はい、とうなずく。

かつての私が、大勢の人に愛された証拠。事務所を辞めてからはしばらく更新を控えていたけど、矯正器具が外れ、やっと好きなものを自由に食べられるようになった日、その喜びをだれかと共有したくて二年ぶりに食べたカレーの写真を投稿した。海に手紙を入れた小瓶でも放つようなつもりでしたことだけど、翌日見たら、信じられないほどたくさんの人が反応してくれていた。みんな、とっくに私のことなんか忘れていると思ったのに。

すみれちゃんだ、嬉しい、久しぶりに更新してくれてありがとう、ずっと愛してるよ、好きなタイミングでいいからまた元気だって知らせてね。

引退後は人前で踊らないと決めていたし、自撮りをしたり長々とメッセージを書いたりするのは性格上向いていなかったから、そこから、生まれ変わった歯で咀嚼《そしゃく》できたものの写真をぽつぽつとアップするようになった。バインミー、おせんべい、フライドチキン、イカのお刺身、ホルモン。それが「アイドル候補生とファン」から「一般人と一般人」になった私とスマイル団のあいだで許された、唯一のコミュニケーション手段だった。

「消しなさい。いまのあなたにはもう、必要ないもののはずです」

先生に厳しいことを言われるのは、初めてじゃない。叩かれたことや怒鳴られたことはないけど、同じことを繰り返したら見放される、と子供ながらに確信する態度で思いきり叱られたこともある。それなのに、優しい口調でささやきかけられたその言葉に、私は心血を注いで完成させた繊細なショートケーキの、てっぺんのイチゴだけを直接摑んで引っこ抜かれたような心地がした。

「いまのあなたはインターネットに生活を侵食されて、心をすり減らしています。虚構の世界しか生きられない相手の無責任な声に、目の前の人生を左右されてどうするの？」

「先生。あそこには、私を応援してくれた人たちとの、思い出が残っているんです」

「思い出は思い出、いまはいま。あなたはもう引退して何年も経つし、自分の足で新しい道を歩み出している。いつまでも偶像として、彼らの面倒を見る必要はないでしょう」

こんなに先生の言葉が理解できなかったことはない。面倒を見る？　私が、彼らの？

「違います。私のほうが、みんなに励まされているんです」

「だったらなおのこと、過去の栄光にすがるのはやめて現実を見なさい」

「見てます。見てました。先生ならわかるでしょう？　私、ずっと普通に真面目に生きてきましたよね。ＳＮＳのせいでも、もともとそこにいた人のせいでもありません。ちょっとおもしろそうだからって無責任に首を突っ込んで、詮索《せんさく》して、興味本位でつつきまわす人がいるからおかしなことになるんです。どうしてそんな奴らのために、私が、私たちが、我慢して場所を譲ってあげないといけないんですか？」

「でも、そういう場所を残しておいたのはあなたの判断ですよ」

ひとりの人間としてあなたを信じる、と断言してくれたはずの先生の刺すような視線を、私は呆然《ぼうぜん》と顔に浴びた。

「すみれちゃんはまだ、不特定多数の人間にどう見られるかを気にしている」

「……そんなことないです」

「自分がどうありたいかより、人がどう思うかに囚《とら》われている」

「いいえ」

「ならばなぜ、ローンで高いお金を払って、永久歯まで抜いて、何年も食事すらままならない思いをすることを選んだの？　あなたのことは昔から知っているけど、健康を害するような歯並びとは思えなかった。生まれ持ったせっかくの個性を、世間の声に怯《おび》えて多数派に合わせる必要はなかったのに」

これで話は済んだ、すべて説明がつくと言わんばかりに、先生は小さくうなずいた。それからカーディガンのポケットに手を入れ、力なく机の上に投げ出された私の手を取り、ひっくり返したそこに自分の手を重ねた後、かさりと音を立てて離した。後には石膏《せっこう》のように白く半開きで固まった私のてのひらと、個包装の薬菓がひとつ、残されていた。

「最後の一個、すみれちゃんのためにとっておいたの。好きだったと言っていたから」

たちまち記憶が遡《さかのぼ》る。その記憶の中で先生は対面ではなく隣にいて、吐き出しきれない言語以前の感情の氾濫《はんらん》にかんしゃくを起こして黙り込む私に、そっとお菓子を差し出してくれる。子供相手でも剝《む》き出しのものを手摑みで渡すような野蛮な真似はせず、かならず包装紙に包まれた形で。歌舞伎揚《かぶきあげ》、カントリーマアム、ハーシーズのクッキー。同じものを、先に自分が食べはじめることもあった。そして決まって「食べ終わったら、気持ちを切り替えて続きをやりましょう」と言う。

気持ちを切り替えて。元気を出して。前を向いて。過去なんか忘れて。目の前にある、現実の世界を、私の理解できる一本道だけを、前進しましょうね。

私は持たされた薬菓を机に落とし、真上から平手で打ちつけた。

机と手がぶつかる音より、薬葉がばらばらと砕ける音のほうが大きく響いた気がした。肌には痛みより、かたちあるものが崩れる感触の不快さが残った。静止した先生の手と自分の手を見比べ、先生の、贅肉《ぜいにく》が削れて浮き出た骨や水気を失って波打つしわに気がついた。老けたなぁ、と初めて思う。この人は、歳をとった。

先生には、ここが世界の果てだから。あとは死ぬだけだから。見たいものだけを見て、理解できないものは最初から存在してないって切り捨てて、そのまま死んでいったって、かまいませんよね。そう、言いたかった。

「……その場で直せないものを指摘して他人の努力を否定して、自分がされたらどんな気持ちになるか想像できないかな」

でも、自分の言葉をそのまま先生にぶつけて傷つける勇気はなかった。自分が先生を傷つけられないことを、知る勇気はもっとなかった。だから代わりに、どこかで聞いた言葉をとっさに摑み取って、ゴミの不法投棄みたいに投げ出した。

「その程度で人の個性がわからなくなるのは、単純にあんたの目が節穴なだけでしょ」

先生は答えなかった。少なくともすぐには。その沈黙から降参と肯定の意味を無理やり奪い取り、私は先生の顔を見ないようにしながら立ち上がって相談室を出ると、人気のない夜の廊下を走った。

世界の果てに触れた人間は戻れない。その実感は「本物の世界はもっと広い」とか「目の前にあるものを大切に」とか、弱音を吐く人相手にパブロフの犬ばりに条件反射で垂れ流されるだけの説教を簡単に霞《かす》ませる。たとえば、こんな感じ。

うるせえよ。おまえら、日本語韓国語中国語英語絵文字で罵倒《ばとう》されたことないだろ。自分は普通に道を歩くだけで刺されてもおかしくない存在だって感じさせられたことないだろ。あの輝かしい舞台に集まる百人の美少女の価値を知ろうともせず、本当は興味もないルッキズムへの抵抗を節穴ぶりの言い訳にして「個性がない」とバカにするしか能のない連中が、高みを追い求める努力に一丁前に物申すんじゃねえよ。黙ってそこで這《は》いつくばってろよ。

世界の果てでうごめく澱《おり》は、風で庭に種が飛んできた繁殖力の強い植物みたいにあっというまに心を覆い尽くす。だからこちらも、同じくらい毒の強い言葉を使って駆逐しなくてはいけない。一度でも触れてしまえば、その戦いからは逃れられない。

先生は正しい。最初からなにも知ろうとしなければ、低コストに清潔に生きられる。

本当はオーディションどころか、物心ついたころから自分の歯が気になっていた。にもかかわらず、あれだけ私の粗を探し、火のないところに放火していたアンチたちはひとりとして私の口元の下品さを指摘しなかった。たぶんそこを突かれたが最後、脱落を待たずに辞退していたと思う。悪意を持って映りの悪い写真を拡散され、笑顔が嘘っぽいとか意地悪そうだとか好き勝手に言われることはあっても、その印象の根源が左右非対称な歯並びだということに、私自身を除いてだれも気がつかなかった。

他の部分を直す気はなかった。普通に生きるならコンプレックスはメイクやダイエットでなんとかなるし、整形は心地よい自分でいるための手段なのに、アンチに負けた痕跡《こんせき》を顔に刻みつけるなんて本末転倒だ。でも、歯は譲れない。これだけはだれの支配下にも置かせない。課金しても痛みに耐えても、私の意志で、私の権利を行使して完璧に仕上げる。美しく整え、極限まで磨き、鍛え上げたそれでなんでもばりばり嚙み砕き、世界の中心で大口を開けて笑ってみせる。

ここだけは、世界の果ての圧力に屈したような言い方をされたくなかった。しかもよりによって、前のほうがよかったとでも言いたげに、先生にだけは、してほしくなかった。

「雷鳴少女」に参加していた練習生のうち、日本人の子とはいまでもＬＩＮＥでつながっている。個別に連絡をとるのはインスタのＤＭが中心だけど、番組中は少人数でチームを組む機会が多かったから、ミッションごとに振り分けられた仲間だったり、同じ先生のレッスンに参加した同士だったり、小規模なトークグループがいくつか残っている。いまでも比較的よく通知が鳴り、私が連絡してもさほど驚かれない気がするのは、二次選考で一緒になった日本人メンバーだ。ファンからは「このメンバーでデビューできる」「真のアベンジャーズ」と言われ、現に私以外は全員ファイナルまで番組に残った。うちひとりが脱落後に現地のガールズグループでデビュー済み、残りの子もモデルにシンガーソングライターと、それぞれが表舞台で活躍している。

「フラペチーノズ（4）」
S_MILE：久しぶり！元気？
みんな忙しいのにごめんね💦都内か韓国でおすすめのクリニック知らないかな？
乾まりあ@来月ワンマン来てね：（スタンプ）
涼香：すみぽんだぁ✨元気してた？東京引っ越してくるの～？💕
S_MILE：まだ地元ーこっちだとクリニックの数も少ないし、エラボトくらいでもよく思わない知り合い多くて💦
涼香：わかる、私も雑誌の専属決まってほくろ取ったら親が謎にキレてた😳
涼香：保険の範囲内なのに！！！
루나：（URL）（URL）（URL）
루나：事務所の子から名前出るのはこのへん
루나：施術の種類にもよるから興味あればくわしく聞いとく
S_MILE：るなさま忙しい中ありがとう！新曲のMVイケてたよ👏
乾まりあ@来月ワンマン来てね：（スタンプ）

涼香：私が通ってるとこはいま新規の予約受けてないんだ〜ごめん💦
루나：日本のクリニックなら真奈がよく知ってそう
S_MILE：（スタンプ）
S_MILE：私はもう少しナチュラルめな仕上がりでいいかな
S_MILE：人前に出る仕事でもないし、田舎だとやりすぎると目立つから
루나：たしかにおすみは元の骨格いいから軽いので十分だと思う
涼香：いや、人前に出る仕事でもさすがに真奈のは…
乾まりあ@来月ワンマン来てね：出たブラック涼香ｗｗｗ
乾まりあ@来月ワンマン来てね：でも実際、真奈は雷鳴少女の宣材が最強だった
涼香：整形ってコンプレックスを解消して自分らしく生きやすくなるためのもので、いわば引き算なんだよね　本当の顔を見失うほど足しすぎたらダメだなと思った
涼香：うちの親もウザいとはいえ心配してくれるだけありがたいんだな…
루나：うーか今日語るじゃんどした？
乾まりあ@来月ワンマン来てね：るなさま真奈と仲よかったっけ
루나：そんなに
乾まりあ@来月ワンマン来てね：（ＵＲＬ）
루나：（スタンプ）（スタンプ）（スタンプ）

涼香：SNS全消ししたと思ったらおととい発表があったの
涼香：ただの恋愛リアリティショーならまだいいけど…
루나：これ出演者同士がめちゃめちゃチューするやつじゃん
루나：アイドルとして応援してた子のそんなシーンだれが見たいん？
涼香：過激な演出が多いから注目はされるけど、そのぶん炎上も多いし裏はエグいって有名だよね
乾まりあ@来月ワンマン来てね：エロ目当てで見る人も多くて出た後はヤバい業界から誘いも増えるって
乾まりあ@来月ワンマン来てね：てかお直し加減からして真奈はそっち狙ってるかも
루나：ついにそこまで行く子が😨
루나：整形も将来も客観的にアドバイスしてくれる人、大事
涼香：ずっとアイドルの真奈を待ってたファンの気持ちを想像するとやりきれないね…

『どうもこんばんは、炙り杏仁の田丸孝子です。さあ始まりました「※個人の感想です」、今日はヨッシー☆がお休みのためひとりでお送りします……なんやSNSで「ヨッシー☆がいない放送なら聴く意味ない」「田丸だけの炙り杏仁はイチゴのないショートケーキ」ってめっちゃ言われてたらしいな。今回のリスナー世界で三人くらいしかおらんのちゃ

う？　楽にしゃべれてええけど。

え？　怒らんよ、間違ってないもん。炙り杏仁に田丸いらんとか、思うのは自由やし。それこそ個人の感想やろ。ちなみにヨッシー☆はこの言葉嫌いやねん。子供のころから、テレビのＣＭとかで隅っこにちっちゃく「個人の感想です」って書いてあるとムカついたんやって。なら言うなって。好き勝手に言うだけ言って、真面目に聞いてほしいけど間違ってても関係ないなんてズルやんって。昔からひねくれてるよな。

私は、あれって関西の「知らんけど」やと思ってる。関東の人は勘違いしがちやけど、この言葉って責任取りたくないって意味とはちょっとちゃうねん。自分はこうであってほしいしガチでこうやろって思ってるけど、嘘つけへんから信じるかどうかは任せるで、が近いかも。全部帳消しにする魔法やないんよ。スカされても向こうさんの勝手、たとえスカされたところで自分が一度でも言ったらなかったことにはならん。そういう、お約束の言葉として私は使ってる。受け取るかは相手の自由、受け取ってほしいときはほしいなりにがんばる。それさえわかっとけば、なにをどう思おうがええんちゃう？

こんなん言うと「受け取るかどうかはそっちの問題や！」ってアンチコメントしまくる奴とか出てくるかな。困るなーそんな私ごとき真に受けないでもろて……私は平気でも、そういう送りつけたもん勝ちの言葉で地獄見てる人もおるやん？　どっちかというとアンチに物申すよかそっちになんか言うたりたいよな。聴いてんの三人やけど。な、あんたが送られたそれ不良品で返品可能らしいよ。返すあてないならポイしてええよ。どこでも、この番組でもええし。読むかは知らんけど。

……あと何分？　いや、ほんましんどい。そんな言いたいこととかないよーいまだってはよ終われってそれしか考えてない。ＳＮＳ見て番組に来たメール読んでも、みんなようそんな話すことあんなって感心するもん。芸人は仕事でいろんなことネタにできるけど、普通そんな機会ないからよけい溜《た》まってんのかな。そう思うと、あんだけ毎週愚痴って本まで書いてまだ足りないあいつなんなん？　怒らないと死ぬん？　止まると死ぬマグロみたいな……うわ、しくったーこんなんバレたらまた怒られる。あーもうほんまに嫌、これやから自分の言うことなんか信用できひんねん。台本くれー!!』


フラペチーノズとのやりとりからほどなく、ＹｏｕＴｕｂｅのアプリで「アモチャン」の最新動画がおすすめに表示された。この人の「炎上系」動画お決まりの渋面腕組み姿のサムネイルで、タイトルは「あの『雷鳴少女』元練習生がまさかの転身⁉　ファンからの衝撃の声を集めてみた！」。つい最近招待した相手の話題とは思えない殺伐とした雰囲気に、うすら寒くなる一方で納得もした。数字を得るためだけの「個人の感想」の中に、本体など存在しない。亡霊の言葉をわざわざ受け取る理由はない。

余分な収益に貢献する気はないので、さっさと遡って目的の動画を探す。真奈がゲスト出演した回はすぐ見つかった。タップして途中までの再生を示す赤いシークバーをなぞり、見た覚えのない部分へスキップする。

――最後になりましたが、真奈ちゃん、なにか視聴者にメッセージとかある？

『はい。まだ解禁前ですけど、近々、新しい形でみなさんとお会いできると思います』

――おっ、楽しみだなー。もしかしてファンミーティング的な？

『少し違くて……詳しくは言えないけど、ただ、やっと私の道を見つけた気がします』

――まさか再デビュー⁉　ファンの人は期待していいんじゃないですかー？

『期待……どうだろう。昔の私が好きだった人は、裏切られたと思うかもしれないです。最初から嫌いな人は笑うかもしれない。それでも私は、自分を変えたいんです』

さすがのアモおじも、それ以上は茶々を入れなかった。

画面が真奈ひとりのアップになる。粗雑な比較対象がなくなったことで、丹念な手入れの過程が鮮やかに浮き彫りになった。オーディションの時点でクマ取りと眼瞼《がんけん》下垂矯正は済んでいて、韓国で鼻フルと唇ヒアル。日本に帰国後、もともと埋没で二重にしていたのを目頭切開したと気づいたときはさすがに心配だった。あまりに全体を整えすぎると、アイドルとして重要な個性というか、愛される隙のようなものが死んでしまう。

だけどもちろん、そんなことは言わなかった。そのままでよかったとか、個性がなくて見分けがつかないとか、やりすぎが心配とか。単に「自分は好きじゃない」という個人の感想さえ正義の力を借りないと言えない連中なんか、私だって、まとめて大嫌いだから。前の真奈のほうが好きだったなんて、そんなのは私の個人の感想にすぎなくて、真奈本人にはなにひとつ、関係のないことだから。

『私は、いままでの人生で主役になれたことがありません。応援してくれる人に失礼とかそういうのやめてくださいね。ファンはうすうすわかってたと思うし、そうじゃない人に知った顔されたくないので。みんなが見るのはいつも、私のいる場所の逆。私はカメラマンやファンの後頭部しか記憶に残っていません。せいぜい遠目で「やってんな」って憐《あわ》れまれるだけ。たとえ悪編でも放送で抜かれる子がうらやましかった。アンチが多いって悩んでいた子もいたけど、自慢にしか思えませんでした。だってアンチって、自分よりも優れた相手が目障りだから執着するんでしょ？

私より人気があった子が引退して、私が表に出ていること、どう思われているかは知っています。今回の挑戦で、また悪く言う人が出てくると思います。嬉しいんです、目障りなんだ、それだけ視界に入るんだって。そういう人たちに教えてあげたい、どうしてあなたの推しじゃなくて、私がこの世界に居座ってるか。簡単です。私は逃げていないから。みっともないって笑われることを引き受けて、極限まで自分を貫く道を選んだからです。

私が自分の人生を取り戻すための、最後の抵抗をどうか見守っていてください。よろしくお願いします』

よっ、とアモおじが拍手するまでに、短くカットが入っている。途中からいい感じの音楽が流れ、なんとかエモく演出しようという苦心が伝わってきたけど、あいにく私は「世界の果て」を見たことがある。どんな険悪な現場も編集で「名場面」にできることやその逆も知っているから、地獄の空気を脳内で想像するのはたやすいことだった。

動画を閉じてLINEを確認する。最近までやりとりしていた「まにゃにゃん💕」のアカウントは、いつのまにか「Unknown」に変わっていた。トーク履歴を見ると上京した日に私が新幹線から送った「今日はありがとう！」というメッセージに真奈がスタンプを返し、直後に「Unknownが退出しました」と表示されている。ブロックされたのではなく、相手がアカウントごと削除したということだ。

さんざんあてこすっておいて、知らんけど、と言い逃げされた。

そう気づいたとたん、世界の果てみたいな罵倒が次々に溢《あふ》れてきた。なんなの、アンチが多いのは自慢とか引退は負けとか、それこそアンチ的な考え方。そういうひがみっぽさが人気の出なかった理由じゃない？　興味もないダンスに私を誘ったのだって、バズった相手を利用して注目されたかったからでしょ。自分からすり寄っておいて悲劇のヒロインぶるのみっともないよ。ちやほやされなくても幸せになる道はあるのに、人の選択を勝手に「逃げ」と決めつけて勝手に見下して何様のつもり？　こんなふうにバカにされてまで、私は知らずに真奈を苦しめていたんだね、ごめんなさい、なんて言ってやるもんか。

謝ってほしければ、言い逃げせずにかかってこいよ。全部受けて立ってあげたのに。

『すみれちゃん、久しぶりの更新ありがとう。まさかもう一度、すみれちゃんのダンスが見られるなんて……しかもこのタイミングで「いちばん好きな曲！」ってサンダーボルトの曲を踊るとか最大の応援だよね。スマイル団兼ユピテルとして感激です！』

『いちばんってことは、昔の仲間をずっと見守ってたのかな。ネットでは好き勝手言われてるけど、本人同士にしかわからない絆《きずな》があるって伝わってくる』

『すみぽんいい顔で踊ってる。いまの生活が充実してるんだね。デビューさせてあげられなかったのが申し訳なくてずっと亡霊してたけど、私もようやく前を向けそう』

『自分のほうがメンバーよりうまく踊れるアピール？　あいかわらず嫌味ですね』

インスタを閉じると同時に、ＬＩＮＥで「フラペチーノズ」のトークグループに写真が送信されたと通知が来た。開いてみると、ＳＮＳから拾ってきたらしい真奈の近影だった。短期間でのダイエットでは辿り着けない域までシャープになった輪郭は、彼女が頬の脂肪を取ったことを物語っている。タイミング的に、おそらく私と会ってすぐ施術を受けてダウンタイム直後に写真を撮ったのだろう。

真奈が歯列矯正で、完璧な仕上がりより時短を追求した理由がわかった。頬の内側の脂肪であるバッカルファットは、矯正中だと除去できない場合が多い。彼女の横顔に私が持った「時間がかかってもワイヤー矯正すればよかったのに」という感想は、まるで的外れだった。そんなことは承知の上で彼女はもっと先を見ていたのに、私は謙虚を装って無責任に主張する権利をかすめ取りながら、本人より真実が見えている気になっていた。

루나：なにこれキャバ嬢？
루나：金髪も青いカラコンも全然似合ってない…
乾まりあ@来月ワンマン来てね：これはファンがかわいそう
乾まりあ@来月ワンマン来てね：この直し方は普通の道に戻る気ないだろうね
涼香：自由に生きるのはいいけど、協調性がないと真奈はこの先も苦労すると思う…
乾まりあ@来月ワンマン来てね：てか、いまさらネットニュースで「雷鳴少女」の名前が出たせいで私たちまでいろいろ言われるの迷惑なんだけど！

真奈はだれかに連れていかれる前に、世界の果てに自分で行くことを選んだ。私のものも含むゴミみたいな個人の感想が、津波のように押し寄せたところで追いつけない場所。安全圏から「興味ねえわ」と吐き捨てても、それすら負け惜しみにしか響かない。話題にされる時点で勝ち、そういう物語を最後に展開したのだ。

この先、真奈の人生はこうしてネットのおもちゃにされつづけるんだろうけど、こんな個人の感想を裏切り、アモおじもフラペチーノズもサンダーボルトも目じゃないくらい、一発逆転してほしいと願う私もいる。もしそうなったら、世界中がバカにした過去を忘れて彼女にてのひらを返しても、私だけは正しく彼女に降伏したい。私が間違っていた、あのときは勝手なことを思ってごめんなさいと、だれに奪われたものでもだれから奪ったものでもない、自分だけの言葉で頭を下げたい。

ＬＩＮＥを閉じ、ふっと息を吐く。一方的に体調不良の連絡をしたきり無視していた、宇佐美先生からのメッセージをやっと開く覚悟ができた。既読という二文字が吹き出しの横につくのを確認しながら、知らんけど、知らんけど、と内心で繰り返す。

届かない人には永遠に届かない。それでもいい、理解なんか求めないと言いきれるほど強くも無神経にもなれないのなら、受け取ってほしいときは、ほしいなりにがんばるしかない。私ひとりがなにを言っても世界は覆らないのは知っている。ただ、また受け取ってもらえなかったとしても、一度放ったものがなかったことにはならないから。

本書は書き下ろしです。

伊藤朱里（いとう　あかり）
1986年生まれ、静岡県出身。2015年、「変わらざる喜び」で第31回太宰治賞を受賞。同作を改題した『名前も呼べない』でデビュー。他の著書に『稽古とプラリネ』『緑の花と赤い芝生』『きみはだれかのどうでもいい人』『ピンク色なんかこわくない』『内角のわたし』がある。

※個人《こじん》の感想《かんそう》です

2025年１月31日　初版発行

著者／伊藤朱里《いとうあかり》

発行者／山下直久

発行／株式会社KADOKAWA
〒102-8177　東京都千代田区富士見2-13-3
電話　0570-002-301（ナビダイヤル）

印刷所／旭印刷株式会社

製本所／本間製本株式会社

●お問い合わせ
https://www.kadokawa.co.jp/（「お問い合わせ」へお進みください）
※内容によっては、お答えできない場合があります。
※サポートは日本国内のみとさせていただきます。
※Japanese text only

定価はカバーに表示してあります。

ISBN 978-4-04-115639-1　C0093